전후 동아시아 분단문학의 어제와 오늘

진효혜(陳曉慧)

1976년 중국 길림성(吉林省) 출생
경희대학교 국문과·대학원 졸업, 문학박사
현재 중국 길림외국어대학교 한국어과 교수

〈저서〉
『현대한국의 교육정책』(공저), 『토탈스노브』(공저), 『신나는 한자 3Ⅱ급』(공저),
『신나는 한자 4급』(공저), 『신나는 한자 4Ⅱ급』(공저)

전후 동아시아 분단문학의 어제와 오늘

초판 인쇄 2019년 11월 1일
초판 발행 2019년 11월 12일

지 은 이 진효혜(陳曉慧)
펴 낸 이 이대현

책임편집 임애정
편   집 이태곤 권분옥 문선희 백초혜
디 자 인 안혜진 최선주 김주화
마 케 팅 박태훈 안현진

펴 낸 곳 도서출판 역락 / 서울시 서초구 동광로46길 6-6 문창빌딩 2층(우06589)
전   화 02-3409-2058 FAX 02-3409-2059
이 메 일 youkrack@hanmail.net
홈페이지 www.youkrackbooks.com
등   록 1999년 4월 19일 제303-2002-000014호

ISBN 979-11-6244-434-4 93810

*정가는 뒤표지에 있습니다.

* 이 도서의 국립중앙도서관 출판예정도서목록(CIP)은 서지정보유통지원시스템 홈페이지(http://seoji.nl.go.kr)와
  국가자료공동목록시스템(http://www.nl.go.kr/kolisnet)에서 이용하실 수 있습니다. (CIP제어번호: CIP2019043914)

전후 동아시아 분단문학의 어제와 오늘

진효혜(陳曉慧)

역락

머리말

21세기를 여는 새천년의 시작이 엊그제 같은데 21세기도 벌써 강산이 두 번 변한다는 20년의 시간이 흘렀다. 새천년을 바라보던 그때에는 왠지 모르게 뭔가 새로운 세상이 펼쳐지거나 새로운 기회가 주어질 거라는 기대와 희망으로 가득 찼었다. 20년이 지난 지금 돌이켜보면 정말 세상이 놀랍게도 많이 변했다. 지구의 회전 속도는 그대로지만 정보화시대의 급속한 발전에 따라 우리의 삶이 정말 많이 바빠지고 세상은 날로 좁아지고 있다. 글로벌화의 추세에 따라 지구는 하나가 되어 가는 것 같으면서도 여기저기 갈라지고 찢어지는 사건들은 반복되어 벌어지곤 한다.

동아시아는 이러한 복잡한 세계의 중심에서 제외된 적이 없다고 해도 과언이 아닐 것이다. 2차 세계대전을 겪고 다시 민족 내부의 혼란에 빠진 동아시아에는 결국 한국과 북한, 중국 대륙과 대만 지역의 분단 구조가 형성되고 이러한 구조 속에서 냉전시대를 거치면서 어렵게 경제 발전을 이루며 고속 성장의 오늘날까지 걸어왔다. 동아시아의 분단구조는 반세기를 훌쩍 넘어선 지금에도, 세계 경제가 아무리 발전하고 국제화가 아무리 심화된다 해도 여전히 변화의 조짐이 보이지 않고 있다. 많은 학자들이 앞으로의 일들을 예측하고 있으나 향후 어떤 방향으로 흘러갈지 누구의 말이 맞다고 감히 단언할 수 없을 것이다.

역사가 기록되는 것처럼, 켜켜이 쌓인 시간 속에 동아시아의 분단 현실은 고스란히 문학에 담겨졌다. 동아시아의 분단문학이 어떻게 형성되고, 어떤 특징을 가지고 있는지, 오늘날까지 오면서 어떠한 변화가 있었는지 등에 대한 연구는 한국에서 활발하게 전개되어 왔다. 북한이나 중국 대륙과 대만 지역에서는 분단문학이 문학 창작이나 연구의 범주에서 따로 분류되어 진행되고 있지는 않지만 분명 같은 성격을 가지고 있는 문학을 생산하고 있고, 또한 연구가 진행되고 있다. 그럼 한국을 넘어 동아시아의 더 큰 틀에서 봤을 때 과연 분단문학은 어떻게 정의할 수 있고, 또 각 지역에 따른 분단문학은 어떤 특징을 나타내고 있는가? 필자의 의식의 흐름이 여기에 이르렀을 때 비로소 동아시아 분단문학의 비교연구를 시작하기로 하였다.

이 주제에 관하여 연구하면서 박사학위논문을 쓰게 되었는데 선행된 연구 자료가 태부족한 상태에서 동아시아 분단문학을 비교 연구하는 것은 대담한 시도가 아닐 수 없었다. 동아시아 문학 혹은 현대문학 비교연구와 같은 주제는 그동안 제법 많은 연구 성과가 있어왔으나 문학 영역을 분단문학으로 세분화한 연구는 비교적 생소한 연구주제이기에 연구 과정에서 많은 부족함이 드러날 거라고 생각한다. 그럼에도 불구하고 분단문학에 대한 열정과 독자들의 많은 지적으로 앞으로 분단문학에 관한 다양한 연구가 이루어지길 바라는 바이다.

2019년 늦가을
중국 창춘에서
저자 진효혜

차례

제1장

동아시아의
분단과 문학

전후 동아시아의 분단과 문학

2차 세계대전 이후 대부분 국가나 지역에서 전쟁의 폐허 속에서 국가 재건을 시작하거나 경제 회복에 주력하여 사회가 점차 안정되어 가는 반면에 동아시아에는 또 다시 지역 내 또는 민족 내부의 전쟁과 혼란에 빠져들게 되었다. 민족상잔의 치열한 고통 끝에 두 개의 분단체제가 형성되었다. 그것이 바로 남북한과 중국양안(중국 대륙과 대만을 가리키는 말)이다.

분단이라는 것은 어학적인 의미로는 동강이 나게 끊어 가르는 것을 말한다. 정치 외교적으로 해석하면 원래 하나였던 국가가 어떤 이유로 서로 갈라져 각자 독립적인 주권을 가지고 있는 체제를 말한다. 문학적으로 볼 때는 하나였다가 갈라져 서로 독립적인 두 개 혹은 여러 개의 주권 나라의 국민들이 생산하는 문학을 말한다. 이러한 의미에서 출발할 때 지금 세계에서 대한민국이 유일한 분단국가라고 할 수 있을 것이다. 하지만 넓게 볼 때 주권은 하나지만 완전한 통일이 이루어지지 못하고 형식적으로 갈라서고 자유로운 왕래가 끊어져 있는 것도 분단으로 봐야 할 것이다. 지금 중국 대륙과 대만의 관계는 바로 그런 것이다. 국제 사회에서 주권국가로서 중화인민공화국 하나만 있으며 대만은 중국의 일부지만 대륙과의 완전한 통일이 이루어지지 못한 채 중국을 견제하는 일부 국제세력의 지지에 의해 대륙과 대립하고 있다.

이와 같이 전후 동아시아에는 북한과 남한, 중국의 대륙과 대만(이하 '양안'이라 칭함)이 이러한 분단체제 하에 오늘날까지 70년이 지났는데도 근본적인 해결책을 찾지 못한 채 계속해서 세월을 보내고 있다. 반세기 넘어 근 백년으로 다가가고 있는 현재 우리가 돌이켜 보면 분단이 남겨준 갖가지 흔적이 고스란히 문학 속에 영원히 남게 됐다는 것을 알 수 있다.

이 글은 동아시아 분단문학 중의 소설의 변모양상을 비교하여 냉전 전후 이데올로기가 동아시아의 문학에 어떤 영향을 미치고 있는지 검토하는 데에 그 목적이 있다. 분단소설의 변모양상에 남북한과 중국양안에 어떤 공통점과 차이점이 있는지 검토하고 전후 동아시아 분단문학의 역사적·사회적 규율을 도출하여 동아시아 분단 극복을 위한 문학의 나아갈 방향을 제시해 보고자 한다.

동아시아에 위치하는 남북한과 중국양안은 같은 한자문화권이며 유교사상의 영향이 사회 깊숙이 파고들었던 지역이다. 일본을 통해 서양 근대문명이 들어오게 되어 동아시아는 동양의 전통문화와 서양의 근대문명이 서로 만나 충돌하며 융합되면서 동아시

아적 근대문화가 형성되었다. 일본제국주의의 '대동아공영권' 구
호 하에 한반도와 중국의 동북삼성(東北三省)과 대만이 일본의 식민
지가 되었다. 1945년 8월 15일 일본 천황이 투항을 선언함으로 세
계대전이 종결됐다. 한반도에서는 광복을, 중국에서는 항일전쟁의
승리를 맞이하게 됐다. 그러나 한민족과 중화민족 모두 민족해방
의 기쁨을 잠시만 맛보고서는 곧이어 국가 분열의 기로에 서게 됐
다. 일본과의 전쟁을 벌이는 과정에서 좌파와 우파, 진보와 보수
두 개 진영이 생기며 각각의 세력을 확장해 나갔다. 광복 후 두 진
영의 대립구도가 더 완고하게 굳어지며 결국 한반도는 남한과 북
한 두 개의 독립정권이, 중국은 대륙과 대만이 두 개의 독립 국가
정권이 아니지만 완벽한 통일이 되지 못한 채 서로 대치의 상태가
형성됐다. 1950년 6 · 25전쟁이 발발되어 3년간의 내전을 치렀지만
남한과 북한 어느 한쪽도 통일의 목표를 달성하지 못하고 골육상
잔의 아픔만 남기고 말았다. 동아시아에서 이렇게 두 개의 분단체
제가 전후 70년간 유지해 오면서 한국과 대만은 자본주의체제 하
의 사업발전을 빠른 속도로 이루게 되었으며 중국 대륙과 북한은
사회주의체제 하에서 서로 매우 다른 경제발전의 길을 걷게 됐다.

이처럼 한반도와 중국은 파란만장한 격변의 근현대사를 겪었다.
이러한 시대적 배경에서 동아시아의 문화는 전통의 모습에서 탈
피하여 동아시아만 특유의 근현대문화가 형성됐다. 물론 문학은
문화의 가장 대표적인 표현 방식으로써 이러한 시대상을 가장 첨

예하게 보여줬다.

남한과 북한, 중국 대륙과 대만 이러한 두 개의 분단체제는 전후 60여 년 동안 냉전기를 거친 후 포트스냉전시대에 접어들었는데 최근에 한반도는 다시 긴장국면이 형성될 조짐이 보이기 시작했다. 반세기 넘는 세월동안 문학계에서도 정치판 못지않게 이데올로기적 대응을 벌이기도 하였고, 냉전 종결이 되어야 비로소 이데올로기의 문학적 반영이 약해졌다. 한반도 남과 북 간의 문학 전개 양상과 중국 대륙과 대만 간의 문학 전개 양상은 유사성을 많이 가지고 있으면서 다른 한편으로는 매우 달리 전개해 왔다. 특히 1970년대 후반부터 중국의 개혁개방정책과 대만의 계엄해금 조치에 따라 대륙과 대만 간에 교류가 시작되었으며 양안 문학교류는 양안 관계 개선에 적극적인 추진의 역할을 발휘해 왔다. 양안의 활발한 문학교류와 정반대로 한반도의 남북한 간의 문학교류는 큰 성과는커녕 제대로 되는 교류가 없었다고 평가해도 과언이 아니다.

분단문학은 이미 한반도에서 문학의 중요한 일부로 자리 잡았다. 중국의 대륙과 대만에서 분단문학이라는 용어대신 양안문학이라고 하고 있다. 분단문학이라 하든 양안문학이라 하든 그 광의적인 본질은 통일되지 못한 분단의 상황에 처해 있는 두 체제의 문학을 뜻한다. 협의적으로는 분단문제를 다루는 문학을 가리키고 있다. 남북한의 분단문학은 UN에서 모두 인정하는 두 개의 독립적 국가의 문학이며, 양안문학은 하나의 중국, 즉 중화인민공화국

의 대륙과 대만이 당장 국가 통일이 될 수 없지만 UN에서 유일하
게 인정하는 하나의 중국 내에서의 분단문학인 것이다. 사실 양안
문학이라는 용어를 더 이상 사용하지 말자는 견해도 있다. 그것은
양안의 교류가 활발하게 전개되고 있기 때문에 굳이 양안문학이
라고 할 필요가 없는 것과 전세계적인 '화문문학(華文文學)' 개념의
발전에 따른 글로벌적인 안목으로부터 출발하는 견해인 것이다.
어찌됐든 양안은 한동안 완전히 단절된 상태에 처해 있었으며 지
금도 완벽한 하나의 통일 국가로써 자유롭게 왕래할 수 있는 상태
가 아니므로 양안 간의 분단문학은 여전히 진행형이라고 봐야 할
것이다. 분단문학이 반세기 넘도록 여전히 진행되고 있는 한, 분단
문학에서 통일문학으로 넘어갈 수 있는 길이 어떻게 열릴 수 있을
까라는 생각은 해 보지 않으면 안 될 것이다. 분단문학 속의 이질
성과 동질성을 찾아 분단 극복의 방향을 모색해 보려는 것이 이
글의 취지이다.

21세기 들어서면서 글로벌시대에 국경의 개념이 점점 희미해지
고 다문화시대가 열린다는 것이다. 민족과 종족을 초월하여 서로
다른 피부와 외모를 가지고 다른 언어를 사용하는데도 손을 잡고
화목하게 더불어 살아가자는 분위기다. 그러나 경제·교육·문화
등 여러 면에서 이 세계는 하나가 된 것 같으면서도 반면에 정
치·외교·군사 등 면에서는 끊임없이 서로 경쟁하고, 다투고 심
지어 일촉즉발의 군사적 긴장 국면까지 벌이고 있다. 이 와중에서
모습이 똑같고 같은 언어를 사용하고 있음에도 불구하고 서로 등

지고 심지어 언제 어떻게 싸움이 터질지 모르는 민족과 국가들이 있다. 그것은 바로 동아시아의 남북한, 중국의 대륙과 대만이다. 지금 당장 국가통일이라는 것은 아직 상상할 수 없는 것이지만 민족 통합은 의논해 볼 만하는 것이며 또한 심도 있게 고민하고 추진해 봐야 할 문제라고 생각한다.

국가가 통일되려면 정신문화 차원의 통합이 우선적으로 요구된다. 분단체제 하의 문학교류 방안을 모색하려면 우선 분단 국면이 형성된 이후부터 지금까지의 교류를 되새겨보고 어떠한 성과를 거뒀으며 또한 어떠한 문제점을 안고 있는지 살펴보는 것이 중요한 필수 작업이다. 한국은 2008년 정권이 바뀐 후부터 정부의 대북 정책 방향이 크게 달라짐에 따라 남북관계는 다시 냉각 상태로 돌아갔다. 2010년에 연이어 발생한 천안함 피격 사건과 연평도 포격 사건으로 남북의 관계는 더욱더 먹구름으로 덮여졌으며 최근의 북핵문제를 더해 한 치 앞을 예측하기 힘든 국면이 되어 버렸다. 이러한 어려운 상황을 속수무책으로 방관만 할 것인가? 아니면 돌파구라도 찾아봐야 할 것인가? 이런 상황에서 인문계에서 무엇을 할 수 있을까? 문학교류가 그 해답이 될 수 없을까? 남북 간의 문화적 상관성과 교류 문제, 곧 '문화통합' 문제가 하나의 대안이자 거의 유일한 출구로 논의될 수 있다. 민족적 삶의 원형을 이루는 전통적 정서에 수많은 공통점이 있고, 정치, 경제 문제처럼 직접적인 갈등 유발의 가능성이 미소하며, 보다 장기적인 시각으로는 문화를 통해 문화적 교류의 발전과 성숙만이 전정한 남북 통

합의 가능성이라고 할 수 있다.[1]

　김종회는 남북한 문학과 문화를 비교 연구하는 의미에 대해 발언하면서 중국양안의 상황과 연결시켜 언급한 적이 있다. "이제 한반도와 관련된 모든 여구와 논의 체계에서 북한 문제를 도외시하고서는 포괄적 설득력을 얻기 어렵게 되었다. 이를테면 북한이라고 하는 테마는 정치, 경제, 군사, 인적 교류 등 모든 분야에 있어 더 이상 '변수(變數)'가 아닌 '상수(常數)'의 지위에 이르렀다. 문학에 있어서도 마찬가지다. 지금껏 우리 문학사는 북한문학을 별도로 설정된 하나의 장으로 다루어 오는 것이 고작이었으나, 이제는 남북한 문화통합의 전망이란 큰 그림 아래에서 시기별로 비교 대조하면서 그 공통점과 차이점을 찾아보려는 시도가 빈번해졌다. 북한문학에 있어서도 1980년대 이래 점진적인 궤도 수정이 이루어져서, 과거 그토록 비판하던 친일경력의 이광수나 최남선을 문예지에 수록하는가 하면, 남북 관계에 대해서도 이념적 색채를 강요하지 않는 작품들이 확대되는 등 다각적인 태도 변화를 이어오고 있다. …… 우리와 유사한 사정에 있던 독일, 베트남, 예멘 등은 모두 통일을 이루었고 중국의 양안관계도 거의 무제한적인 교류와 내왕을 허용하고 있는데, 유독 우리 남북한은 여전히 이산된 가족들의 생사소식을 알 수 있는 엽서 한 장 주고받지 못한다. …… 진정한 민족의 통합은 국토의 통합이 아니며, 정치나 경제와 같은 즉각적인 힘이 아니라 문학과 문화의 공통된 저변을 확보하

---

1) 김종회 편, 『북한문학의 이해 3』, 청동거울, 2004. 16면.

는 일에서부터 시작하는 것이 마땅하다. …… 남북한의 문학과 문화를 비교 연구하고 문화이질화 현상의 구체적 실례를 적시하여 구명하는 것은 매우 중요한 과제가 된다."2)

여기서 궁금증을 불러일으키는 질문 하나 던질 수 있겠다. 중국의 양안관계는 거의 무제한적인 교류와 내왕을 허용하고 있다. 왜 유독 남북한은 여전히 이산된 가족들의 생사소식을 알 수 있는 엽서 한 장 주고받지 못한 것인가? 중국 양안은 비록 실질적인 국토 통일이 아니지만 각 분야의 교류는 그야말로 거의 제한을 못 느낄 정도로 자유롭다. 문학교류도 문인들의 상호 방문, 양측에서 번갈아서 문학관련 세미나나 교류대회를 개최하는 것, 문학작품들의 상호 출판, 문학사 공동 연구 등 다양한 방식으로 이루어지고 있다. 가끔 생기는 양안 정부 간의 정치적인 마찰에도 영향을 받지 않고 교류가 끊어지지 않도록 보장이 되고 있다.

문화통합의 길을 찾는 것이 문학의 당위적인 성격이라 할 때 역사적으로나 문화적으로나 유구한 교류와 유사성을 가지는 중국은 한반도가 직면하는 과제에 시사점을 줄 수 없는가? 양안의 분단문학에서 문학교류로 걸어오는 과정으로부터 어떤 경험을 배울 수 없는가라는 생각이 든다. 독일 통일 이후 한국에서 독일의 분단문학과 통일문학에 대한 연구가 현재까지 여전히 지속되어 있다. 그 이유는 바로 독일의 경험으로부터 한반도의 난제 해결에 도움이 되는 단서를 찾고 싶었던 것이다. 독일의 경우보다 한반도와 더

---

2) 김종회 편, 『북한문학의 심층적 이해: 남한에서의 연구』, 국학자료원, 2012.

많은 유사성과 연대성을 가지는 중국 대륙과 대만의 상황을 비교해 보는 것이 의미를 가진다고 생각한다.

이 글은 동아시아에 위치하고 있는 남북한과 중국 대륙과 대만의 분단문학을 비교하는 작업을 통해 분단문학에서 이들 사이의 공통점과 차이점을 도출해 보고, 특히 대륙과 대만 간의 문학교류가 잘 이뤄질 수 있는 이유가 무엇이지, 한반도에 주는 시사점이 무엇인지 함께 고민해 보고 문학을 통한 분단 극복의 방향과 문학교류의 의미와 방향성을 고찰해 보고자 한다. 또 하나의 목적은 분단문학이라는 개념을 중국에 소개하고 중국의 문학연구와 접목시켜 양안의 분단극복에 한반도의 경험과 교훈을 본으로 삼아 보고자 한다.

제2장

분단문학
연구사와
연구 범위

분단문학 연구사와 연구 범위

남북한과 중국양안의 분단소설을 비교 연구한 전례는 없는 것으로 조사를 통해 판단된다. 현대문학 분야에 그동안 한중 문학의 비교연구, 한국과 대만 문학의 비교연구, 남북한 문학의 비교연구 등 두 개 국가 간의 문학에 대한 비교연구는 이뤄져 왔다. 그것도 대부분 개별 작가들의 비교연구에 한정되어 있는 실정이다. 분단문학의 비교연구에 있어서는 한국에서 주로 한국과 독일을 비교의 대상으로 삼아 연구한 사례가 있다.

한국에서 그동안 분단소설에 대한 연구를 정리해 보면 다음과 같다.

우선, 분단소설에 대한 전체적인 조망을 시도한 연구는 10년 단위 연대기별 기술[1])과 전쟁 체험 유무와 관련한 세대별 기술[2])로

---

1) 김병익, 「분단의식의 문학적 전개」, 『문학과 지성』, 1979 봄.
   천이두, 「분단시대의 비극과 한국소설」, 『현대문학』, 1983.
   백낙청, 「80년대 소설의 분단극복의지」, 『분단시대와 한국사회』, 까치, 1985.

구분할 수 있다. 이들 논의 중 대표적 것들을 중심으로 살펴보기로 한다. 10년 단위 연대기별 기술을 시도한 김병익[3]은 6·25전쟁에 대한 인식을 전전(戰前)·전중(戰中)·전후(戰後)의 작가군으로 나누어 1950년대 이후 1970년대 중반까지 작품을 분석하고 있다. 그의 논문은 시간의 경과에 따라 인식의 성숙이 이루어진다는 '수난의식사의 탈피와 의식의 심화'의 진화론을 전제로 하는 특징을 보인다. 이 진화의 관점에는 두 가지가 내포되었음을 지적하면서, 하나는 시간이 지나면서 6·25전쟁이라는 비극이 점차 객체화하고 그것의 진정한 의미를 탐구하기 시작하는 것이고, 둘째는 이러한 진전이 수행될수록 당대의 여러 부정적 현상들이 분단 문제에 근원하고 있다는 사실을 발견하게 된다는 점을 지적하였다.

임우기, 「80년대 분단소설의 새로운 전개」, 『살림의 문학』, 문학과지성사, 1990.

차원현, 「1950년대 한국소설의 분단인식」, 『1950년대 문학연구』, 예하, 1991.

조남현, 「70년대 소설의 몇 갈래」, 『한국현대문학사』, 현대문학, 1999.

강진호, 「냉전 이데올로기와 소설사의 지평 – 분단소설의 전개와 과제」, 『겨레어문학』 34, 2005.

2) 김윤식, 「분단 이산문학의 수준」, 『이산 분단문학 대표소설선』, 동아일보사, 1983.

이동하, 「분단소설의 세 단계」, 『문학의 길, 삶의 길』, 문학과지성사, 1987.

임헌영, 「분단의식의 갈등구조 변모양상」, 『한국문학』, 1988. 6.

전영태, 「6·25와 분단시대의 소설」, 『한국문학』, 1986. 6.

정호웅, 「분단극복의 새로움을 넘어섬을 위하여」, 『분단문학비평』, 청하, 1987.

이재선, 「전쟁과 분단의 인식」, 『현대한국소설사』, 민음사, 1992.

이해영, 『한국전후세대소설연구』, 국학자료원, 1994.

3) 김병익, 「분단의식의 문학적 전개」, 문학과 지성 , 1979, 봄호.

김병익의 「6·25와 한국소설의 관점」(1980)은 1960년대 이후 소설을 유사한 주제 양상으로 묶었다는 점에서 변별성을 갖지만, 시간의 흐름과 작가의 요구에 따른 수용 인식의 진화를 전제로 한다는 점에서 「분단의식의 문학적 전개」와 동궤에 놓인다.

전쟁 체험 유무와 관련한 세대별 기술은 김윤식을 시작으로 활발하게 이루어져 왔다. 김윤식[4]은 한국문학의 핵심을 '분단 문제'로 설정하고 세대론에 따른 문학사적 분류를 시도하고 있다. 그는 6·25전쟁을 다루는 형식상의 차이로 체험세대, 유년기 체험세대, 미체험세대로 구분하고 있다.[5] 그는 1950년대 소설의 대표작으로 하근찬의 「수난이대」를 들면서, 이 시기 작가들의 주된 의식이 피해의식에만 머무르고 있는 데 반해 1960년대 들어 최인훈의 『광장』을 기점으로 분단문학으로의 방향전환이 이루어지고 있음을 밝혔다. 또 김윤식은 1960년대 작가들이 추상적이고 관념적인 논리의 측면을 추구함으로써 소설의 육체를 잃은 대신 이데올로기로 표상되는 이념 추구의 측면을 획득할 수 있었다면, 1970년대 작가들은 이념의 추구에서는 미흡하지만 한국적인 삶에 밀착되었다는 점에서 소설의 육체를 얻었다고 평하고 있다. 그는 1970년대 후반기에는 민중의식의 성장과 더불어, 분단문학이 단순히 유년기의 시점으로 바라보는 수준에서가 아니라 그것을 포함하면서 논리적·이념적 세계를 지향하고 있음을 지적하였다. 그는 1980년대 등장한 미체험세대에 이르면 민족적인 한의 측면과 사람답게 살아

---

4) 김윤식, 「분단·이산문학의 수준」, 『이산 분단문학 대표소설선』, 동아일보사, 1983.
5) 김윤식은 전쟁 체험 당시의 작가의 연령을 기준으로 하여 작가군을 셋으로 나눈다. 성인 시기에 전쟁을 체험한 '체험세대', 유년기에 전쟁을 체험한 '유년기 체험세대', 전쟁을 경험하지 않은 '미체험세대'가 그것이다. 이러한 세대론에 따른 문학사적 분류는 「6·25와 소설의 내적 형식」(『우리 소설과의 만남』, 민음사, 1986.), 「6·25전쟁문학 : 세대론의 시각」(『1950년대 문학연구』, 예하, 1991)에서도 동일하게 적용된다.

야 한다는 근대적 논리를 분단문학의 변증법적 과정 속에서 정밀
하게 발전하고 있다고 평가하고 있다.

정호웅은 김윤식의 세대론을 기본 구조로 수용하여 논의를 전
개하고 있다. 정호웅[6]은 직접 체험세대의 문학은 전쟁소설의 일종
이라 평하면서, 일방적인 피해의식에 사로잡힌 문학으로서 냉전의
식의 확대, 심화라는 체제 편승적 역기능을 지니고 있다고 보았다.
그는 이와 같은 직접 체험세대 문학의 한계와 역기능이 유년기 체
험세대의 문학에 의해 극복될 수 있는 가능성을 제기하였다. 김원
일의 「어둠의 혼」을 예로 들면서, 유년기 체험세대는 전쟁 상황의
비극성을 바라보는 관찰자이며 동시에 화자로, 이런 화자의 시각
은 소년이 세계에 대한 눈뜸과 동시에 있는 '자아의 상처'로 환치
되었다고 보았다. 그러나 어린 화자가 감각적 체험으로서의 직접
성을 넘어서지 못하고 자신의 자아에 상처 입힌 비극적 현실과 정
면대결하지 못하면 직접 체험세대의 분단소설을 극복할 수 없다
는 한계점도 더불어 지적하고 있다. 그리고 그는 분단 3세대라 할
수 있는 전쟁 미체험세대 분단소설의 특징으로 '화해'를 제기한
문학으로 보았다. 그는 이러한 특징을, 통일 시대를 열고자 하는
분단 극복 의식의 소산으로 파악하고 있으나, 당위적 통일을 향한
무조건적인 '화해'라는 안일한 자세에 떨어지지 않도록 전쟁, 나아
가서 분단 상황의 객관적 실체를 포착해야 한다고 주장하였다.

임헌영[7]은 세대론의 기본 구조를 흡수하면서 분단문학의 문제,

---

6) 정호웅, 「분단문학의 새로운 넘어섬을 위하여」, 『한국문학』, 1986. 6.

분단문학의 개념 정의, 구체적인 작품해석 등 다방면에 걸쳐 분단
문학에 대한 활발한 논의를 전개했다.[8] 그는 작가의 각 세대에 따
라 분단의식과 분단에 대하여 접근하는 방법에는 미묘한 차이가
있으며, 직접 체험세대에서 멀어질수록 분단 문제를 주관적, 감정
적 차원이 아닌 민족적 당위성으로 이해하려는 경향이 강하다고
평하였다. 또한 미체험세대가 지닌 제도권의 반공 이데올로기 세
뇌교육의 영향은 오히려 체험세대보다 더 비사실적인 방향으로
몰아가는 흔적을 부인할 수 없다고 주장하고 있다. 더불어 그는
과거의 아픈 기억으로만의 6·25전쟁이 중요한 것이 아니라 그 고
통이 역사적으로 어떤 과정을 거쳐 변모했으며 다음 세대들은 이
를 어떻게 수용, 재정립해 나가면서 분단의식 극복에 기여하고 있
는가를 살피는 것이 중요하다고 주장하였다.

둘째, 분단소설의 시기를 한정하여 논의한 연구와 개별 작가나
작품의 분단 인식을 논의한 연구가 있다. 우선 분단소설의 시기적
연구는 50년대 전후 소설이라는 총칭된 범주에서 포괄적으로 고
찰한 연구,[9] 유년기 체험세대 작가군에 속하는 작가 연구,[10] 특정

---

7) 임헌영, 「분단의식의 갈등구조 변모양상」, 『한국문학』, 1988. 6, 294~306면.
8) 임헌영, 「6·25의 문학사적 의의」, 『시문학』, 1977. 7.
　　임헌영, 「분단의식의 문학적 전개」, 『문학과 지성』, 1977 가을.
　　임헌영, 『민족의 상황과 문학사상』, 한길사, 1986.
　　임헌영, 「분단의식의 갈등구조 변모양상」, 『한국문학』, 1988. 6.
　　임헌영, 「분단문학의 변혁주체」, 『문학과 이데올로기』, 실천문학사, 1988.
　　임헌영, 『분단시대의 문학』, 태학사, 1992.
9) 문종호, 「1950년대 한국소설의 주제형상화 방법 연구」, 대구가톨릭대 박사학위
　　논문, 2001.

시기를 한정하여 분단소설을 논하는 연구[11]로 구분할 수 있다. 전

———

이봉일, 『1950년대 분단소설 연구』, 월인, 2001.

유철상, 『한국전후소설연구』, 월인, 2002.

최용석, 「전후 소설에 나타난 현실비판과 극복의식」, 중앙대 박사학위논문, 2002.

김형중, 「정신분석학적 서사론 연구 : 한국 전후 소설을 중심으로」, 전남대 박사학위논문, 2003.

이정석, 「한국 전후소설의 담론 연구」, 숭실대 박사학위논문, 2003.

김형규, 「1950년대 한국 전후소설의 서술행위 연구」, 아주대 박사학위논문, 2004.

최예열, 『1950년대 전후소설의 응전의식』, 역락, 2005.

조현일, 『전후소설과 허무주의적 미의식』, 월인, 2005.

이은영, 「한국 전후소설의 수사학적 연구」, 서강대 박사학위논문, 2008.

김성아, 「한국 전후소설에 나타난 소외 양상 연구」, 중앙대 박사학위논문, 2006.

변화영, 『전후소설과 이야기 담론』, 역락, 2007.

이은영, 「한국 전후소설의 수사학적 연구」, 서강대 박사학위논문, 2008.

김미향, 「한국 전후소설에 나타난 소외 및 대응 연구」, 인천대 박사학위논문, 2011.

정지아, 「한국전쟁의 특수성이 한국 전후소설에 미친 영향」, 중앙대 박사학위논문, 2011.

10) 조남현, 「소년의 회상과 그 회상」, 『소설문학』, 1987.

　심정민, 「분단소설의 변모 양상 연구」, 중앙대 석사학위논문, 1995.

　조건상, 「분단인식의 형상화 양상 연구: 유소년체험의 소설적 형상화를 중심으로」, 『현대소설연구』 9, 1998.

　전홍남, 「분단소설에 나타난 아비찾기 모티프와 그 문학적 의미」, 『한국언어문학』 42, 1999.

　정재림, 「전쟁기억의 소설적 재현 양상 연구 : 유년기의 경험을 중심으로」, 고려대 박사학위논문, 2006.

　나종입, 「한국 전후소설 연구: 6, 70년대 성장소설을 중심으로」, 조선대 박사학위논문, 2007.

11) 석열, 「80년대 분단소설의 성과연구」, 『대전어문학』 8, 1991.

　이호규, 「1960년대 소설의 주체 생산 연구」, 연세대 박사학위논문, 1999.

　강진호, 「분단 현실의 자기화와 주체적 극복 의지: 1970년대 분단소설에 대하여」, 『작가연구』 제7, 8호, 1999.

　김학현, 「분단체제 소설 연구 : 해방 이후 60년대 소설 주체의 세계인식을 중심으로」, 성균관대 박사학위논문, 2003.

　박진우, 「1980년대 분단소설 연구」, 중앙대 석사학위논문, 2003.

　장현, 「1960년대 한국 소설의 탈식민적 양상 연구: 이호철, 최인훈, 남정현의

후소설의 연구 경향은 전쟁의 재난 체험과 관련하여 비인간적 전
쟁에 의한 희생과 가치 의식의 변형 등을 중심으로 고찰하고 있다
는 것이 특징이다.

　유년기 체험세대 작가군을 연구한 논의들은, 1960~1970년대에
발표된 분단소설을 중심으로, 이들 작품의 형식적 특징인 성장 모
티프와 유년기 회상의 의미를 살펴보고 주인공의 자의식 성장을
중점적으로 살피면서, 6·25전쟁 체험세대의 작품보다 분단인식을
객관화하고 있음을 밝히고 있다. 따라서 유년기 체험세대의 소설
적 성과는 분단의 현실을 새로이 조망하고 분단 극복으로 나아가
는 실마리를 제공하고 있다는 데서 의의를 찾을 수 있다.

　유임하[12]는 한국 현대소설에 나타난 분단인식의 양상을 밝히는
것을 목적으로 하여, 1960년대 이후 발표된 분단소설을 집중적으
로 다루었다. 그는 본론의 한 축인 '성장기적 각성과 분단의 현상
학'에서 유년기 체험세대의 소설을 다루고 있다. 또한 그는 한국소
설의 분단인식을 '인식주체'와 '분단'의 관계를 설정하여 소설에
있어서 분단문제 인식은 인식주체인 '자아'와 분단현실이라는 '세
계' 사이에 발생하는 인식방향으로 분류하여, 이를 '자아-내적',
'자아-외적' 그리고 '세계-내적', '세계-외적' 네 가지 기본항을

　　소설을 중심으로」, 가톨릭대 박사학위논문, 2005.
　　박영준, 「1960년대 한국 장편소설 연구」, 고려대 박사학위논문, 2006.
　　조한용, 「1970년대 분단소설 연구」, 경북대 박사학위논문, 2006.
　　고명철, 「분단체제에 대한 2000년대 한국소설의 서사적 응전」, 『한국문학논총』
　　58, 2011.
12) 유임하, 「한국 현대소설의 분단인식 연구」, 동국대 박사학위논문, 1997.

중심으로 전쟁체험과 관련하여 한국 현대소설에서 나타나는 분단 인식을 검토하였다.

한국에서 북한문학에 대한 연구는 1980년대 후반부터 활기를 띠기 시작하여 지금까지 많은 성과를 거두었다. 그 중에서 북한의 분단문학에 대해 논의한 것으로 김재용은 북한의 '조국통일 주제의 문학'을 지목하였다. "'조국통일 주제의 문학'은 대부분 분단된 남한의 현실을 그리는 것으로 그 시각은 주로 '반미구국투쟁'에 입각하고 있다"[13]고 지적한다. 그는 치안대문제를 다루는 소설을 분석하면서 분한 분단소설에서 보여주는 분단문제와 의식을 검토하였다. 그리고 1980년대 말부터 나타난 이산가족이 겪는 아픔과 재회에의 희망을 그린 작품들이 보여주는 분단문학의 성격에 대해 긍정적인 평가를 내려준다. 김병진,[14] 문흥술,[15] 박덕규,[16] 신상성[17] 등은 1990년대 북한의 통일지향 소설을 분석하여 북한의 1990년대 분단소설의 변모 양상을 논의한 바 있다.

중국양안은 1980년대부터 교류가 시작되면서 문학 분야의 상호 연구 작업도 활발히 진행되어 왔다. 서로에 대한 문학사 연구부터

---

13) 김재용, 『분단구조와 북한문학』, 소명출판, 2000, 262면.

14) 김병진, 「1990년대 이후 '조국 통일 주제' 소설의 변모 양상」, 김종회 편, 『북한문학의 이해』 3, 청동거울, 2004.

15) 문흥술, 「최근 북한 소설에 나타난 통일문제」, 김종회 편 『북한문학의 이해』 2, 청동거울, 2002.

16) 박덕규, 「통일지향 의식과 1990년대 남북한 소설」, 김종회 편 『북한문학의 이해』 2, 청동거울, 2002.

17) 신상성, 「북한문학에 나타난 분단문제와 민족정서 연구-90년대 전후 북한소설을 중심으로」, 『비평문학』, 1999. 7.

개별 작가와 작품 연구까지 다양하게 전개되고 있으나 분단문학이라는 개념 자체가 나타나지 않았으므로 분단소설을 별도의 연구 영역으로 연구가 되지 않고 있다. 이 글은 처음으로 한국문학계의 분단문학 개념과 연구 방법을 차용해서 양안의 분단소설을 고찰해 보고자 하는데 양안 분단소설의 범주는 4장에서 논의하겠다.

한반도와 중국양안의 분단소설을 동아시아의 역사·정치·문화 등 복잡한 배경에 놓고 비교하여 연구하기 위해 이 글은 비교문학 방법론을 기본방법으로 하며 문학정치학방법론 또한 유효하다고 판단된다.

비교문학은 "주로 다른 언어로 발표해 온 두 개 이상 작품을 주고받는 영향 관계를 연구하는, 특히 한 작품은 다른 작품으로 영향 받는 것을 연구하는 것"[18]으로 정의된다. Francois Jost에 의하면 비교문학이란 두 나라 이상의 문학 사이의 영향과 유추나 운동과 경향의 흐름, 장르와 양식 및 모티프, 혹은 종류와 테마를 포함한 연구하는 학문이다.[19] 반면에 Claude Pichois와 A.M. Rousseau는 비교문학이란 조직적 연구이며, 유추 관계, 영향과 관계, 문학과 다른 지식 영역, 혹은 세계 속 사건 혹은 문학텍스트, 시간적 공간과 상관없이 각국 문화의 일부를 연구한다고 주장한다.[20] 비교문학의

---

18) Webster's Third New International of English Language Unabridged, (Massa chusetts, 1966), p.462.

19) Pichois, Cl. & Rousseau, A.M. 1967. La Literature Compare. Paris: A. Colin, Coll. U2, p.33

20) 위의 책, p.174.

목적은 본질적으로 제국의 문학작품을 그의 상호 연관 가운데서 연구하는 것이다.[21] 비교문학은 한 마디로 말하면 국제 간 문학의 교류의 연구를 대상으로 하는 학문이다.[22] 홀만(Holman)은 비교문학 연구란 언어 차이 및 나라 차이를 가진 문학 간의 연구이며 한 작품과 다른 작품의 관계 혹은 영향이나 특징을 발굴 및 연구를 목적으로 가진다고 정리하고 있다.[23] 레막(Remak)은 비교문학이란 어떠한 나라의 국경을 넘어서 문학과 다른 과학이나 신뢰의 관계를 연구하는 것이라고 말한다.[24]

왕상위엔(王向遠)[25]은 "비교문학은 인류 문학의 공통적 규율과 민족적 특색을 구현하기 위한 문학연구로써 세계문학의 시각으로 비교의 방법을 이용하여 각종 문학 관계에 대한 문화적 경계를 넘는 연구"라고 정의하고 있다. 이 정의에 대해 그는 '거시비교문학'과 '미시비교문학'이라는 개념을 제시했다. 문학의 비교를 하기 위해 우선 '각종 문학 관계'를 구분할 필요가 있다. 그 결과는 거시적 문학관계와 미시적 문학관계로 나눠 볼 수 있다. 미시적 문학관계는 전 세계의 문학관계 중에서 구체적인 사건과 사실, 상호 전파 및 상호 영향하는 관계를 말한다. 현재까지 이뤄지고 있는

---

21) P.Van Tieghem, (김동욱 역), La Litterature Comparee, 신양사. p.73.
22) 大塚幸男, 『比較文學原論』, 白水社, 1980, p.7.
23) C. Hugh Holman, "The Nonfiction-Novel," American Fiction 1940~1980: A Comprehensive History and Critical Evaluation, (New York, 1984), p.94.
24) Henry H. Remak. "Comparative Literature," Newton P. Stalltnech and Horst Prenz (Ed.), Contemporarry Literature: Methode & Perspective, (Carbondale & Edwardsville, 1971), pp.1~7.
25) 王向遠, ≪宏觀比較文學講演彔≫, 广西師范大學出版社, 2008, pp.16~17.

대부분 비교문학 연구는 이 범위에 속한다. 미시적 비교문학이 연구하는 대상의 범위는 대부분 쌍방의 관계로 한정되어 있으며 3개 이상의 '다방관계(多方關系)'를 연구하는 것은 매우 드물다. 이러한 쌍방의 문학적 교류관계, 문학의 번역, 특정 작가와 작품에 대한 비교연구들은 미시비교문학으로 분류할 수 있다. 미시비교문학은 구체적인 문학현상에 대한 문화적 경계를 넘는 연구로써 구체적인 작가와 작품, 국부적이거나 어느 방면의 문학현상을 연구의 대상으로 삼는다. 이러한 연구는 미시적인 것으로써 세계 문학의 거시적인 시야를 확보하지 못하더라도 연구의 질에 문제는 없다. 그러나 미시적인 연구의 결론은 일반적으로 구체적이고 개별적이어서 보편적 의미를 가지기가 어렵다. 미시비교문학과 거시비교문학의 다른 점은 연구 시야의 폭과 연구대상의 부피에만 차이가 있는 것이 아니라 더 중요한 것은 세계적 시야 확보의 여부, 즉 세계문학의 시각을 소요하고 있는지에 있다.

이러한 거시비교문학과 미시비교문학의 개념과 의미에서 출발하여 비교문학의 방향에 좀 더 가까워 질 수 있겠다. 쌍방의 문학만 비교 연구하더라도 그것들을 세계문학의 큰 배경에 놓고 세계문학적인 안목을 가지고 연구해야 더 과학적이고 더 가치 있는 연구가 되기를 기대할 수 있다. 반면에 여러 문학들의 관계를 총체적으로 비교 연구할 때는 필히 여러 구체적인 문학관계를 비교연구하는 것을 바탕에 두고 해야 할 것이다.

전후 동아시아 문학의 전개가 정치 이데올로기와의 밀접한 관계 속에서 진행되었다는 점을 감안해서 이 글은 동아시아의 비교적 큰 틀에서 분단소설을 비교 연구하기 위해 문학정치학적 방법론이 유효하다고 판단한다.

문학과 정치의 관계는 플라톤의 시인추방론에서부터 시작하여 현대에 이르기까지 그 본질적 속성으로는 서로 상반된다고 인식해 왔다. 정치가 정치이데올로기에 의해 소속 집단 구성원을 통합함으로 집단적 목적을 추구하는데 있다면, 문학은 오히려 그러한 중심 이데올로기가 그 구성원들에게 가해지는 억압의 실체와 통제의 문제를 정직하게 인식함으로 정치와는 다른 차원에서 인간과 사회의 문제를 추구해 왔다. 정치가 집단적 가치를 지향하는 지배 이데올로기에 근거하고 있다면, 문학은 그와 다른 입장에서 인간과 사회의 또 다른 실체. 즉 문학적 진실을 탐구해 왔다. 그런데도 사회 정치적으로 변동기 상황에서. 특히 한 집단이 새로운 국가 이데올로기를 창출하여 새로운 정치 체제를 구축하여야 할 상황에서 문학이 정치 체제 구축에 적극적으로 참여해 왔던 것이 역사적 사실이다.[26]

이러한 문학의 정치화 경향에 따른 문학과 정치의 관계는 한국의 경우에는 목적주의 문학의 한 양상으로, 문학의 정치성이나 계몽성 또는 문학의 어용화라는 단순 논리로 이해되었다. 중국은 마오쩌둥 사회주의 체제를 구축하는 과정에서, 북한은 사회주의 국가 건설에 뒤이어 김일성 주체사상 체제를 확립하는 과정에서, 그

---

26) 현길언, 『문학과 정치 이데올로기』, 한양대학교출판부 2005, 11면.

주도권을 잡고 있었던 당의 정강정책에 문학인이 참여하는 기능적인 차원에서 인식해 왔다.

20세기 근대사회가 이룩되는 시점에 동북아시아에서는 두 번에 걸친 세계대전을 치르면서 새로운 정치 변혁이 일어나게 된다. 근대정신에 근거하는 근대 문화적 욕구와 왕조시대를 극복하고 근대국가를 건설하려는 정치적 욕구가 합치되는 과도기였다. 이러한 변동기에 세계 대전을 거치면서 중국이나 한반도에는 새로운 정치체제가 형성되고 이를 위해서 새로운 정치이데올로기가 필요하게 되었다. 또한 이들 국가들은 예로부터 유교 문화의 전통을 이어받아 문학이 역동적으로 정치와 사회 중심 이데올로기와 밀착되어 왔다.

동북아 분단국가들에서 문학과 정치의 연관성은 실제적인 정치 환경의 변화에도 기인한다. 실용적 목적에서 문학이 정치 이데올로기를 구성하고 확산하는 데 활용되었다는 뜻이다. 그러나 도구화된 문학은 언제든 폐기될 수 있는 것 또한 사실이다. 동북아 분단국가들에 나타난 문학-정치의 상관성은 그러한 비극성 또한 확연히 드러낸다.

문학의 정치화 현상은 특수한 역사·사회적 상황에서 구체화된다는 점에서, 문학과 정치와의 관계에서 새로운 논리를 찾을 수 있다. 근대 이전에는 문학이 정치와 지배이데올로기에 봉사하여 그 이데올로기를 정착시키고 확산시키는데 기여해 왔던 것이 동북아 여러 나라의 문학 전통이었다. 그런데 근대사회로 들어오는 과도기에 문학은 동시대 사회를 계도하면서 근대화 이데올로기를 앞장서 창출하여 전파하는 역할을 감당했다. 한국과 중국에서 근대화를 지향하는 사회의 욕구에 부합되도록 동 시대를 계몽하는 정치적 기능을 담당하게 되었다. 이러한 문학의 정치성은, 세계 2차대전 후 동북아 각 지역에서 새로운 체제가 구축되는 과정에서 새 국가 정치이데올로기를 창출하는데 적극적으로 기여하게 된다.

문학의 정치화 현상은 2차대전을 전후하여 한국의 경우에는 대전이 종식된 후에 민 군정 체제를 수용해야 할 상황이어서 자유민주주의 국가 건설이 기정사실화되었다. 중국은 국민당 정부가 패배함에 따라 마오쩌둥이 이끄는 사회주의 국가가 건설되었고, 이어서 소비에트식 사회주의와는 다른 중국 사회주의 정치체제를 구축하게 된다. 한반도 38 이북은 김일성을 주축으로 소비에트공산주의 체제를 정착시킨 다음에 김일성 주체사상의 정치이데올로기를 구축하게 된다. 이렇게 2차대전을 전후한 동북아의 정치상황은 급격하게 변하면서 그 지역 상황에 따라 새로운 정치체제 구축을 위한 이데올로기를 창출하거나 정립하기 위한 작업이 계속 추진되어 왔다.[27]

남한의 경우, 해방직후 문인들에게는 일제 강점기에 억압, 왜곡되었던 한민족과 문학의 정체성을 되찾는 일이 급선무로 인식되었는데, 좌우익 계열의 문인들이 다 같이 민족문학 건설이라는 구호를 내걸고 그 방향성을 찾으려 했다. 문학인들의 지상과제인 민

---

27) 위의 책, 12~14면.

족문학 건설이 결국 새로운 나라의 건설이라는 정치적 과제에 결부되어 있었듯이 문학과 정치는 서로 밀접한 관계를 맺는다.

그런데 좌우익 계열의 문학인들이 모두 문학적 실천 과제로서 식민지 시대의 문학 청산과 새로운 민족문학 건설이 지상과제임을 인식했다는 점에서는 일치하지만, 그 실천 과정에서는 사뭇 다른 관점을 보여준다. 좌익은 좌익 노선에 상응하는 문학관과 태도를 지녔고, 우익 역시 우익 노선에 따른 문학관과 태도를 지녔던 것이다. 바꾸어 말하면 정치 세력의 좌우 분열이 문학에도 영향을 미쳐 자유민주주의적 경향과 사회주의적 경향으로 문단조직을 분열토록 하여 서로 갈등과 충돌을 빚게 함으로써 민족문학의 개념 인식에도 현격한 차이를 보여주었다.

좌우익 두 진영의 문학의 본질에 대한 서로 다른 인식은 이념의 지향과 관점에 따라 서로가 비판의 대상이 된다. 즉 좌익 측에서 보면 적어도 표면적으로는 정치사회적 현실로부터 일정한 거리를 갖는 문학의 자율성을 주장하는 우익 측의 순수문학론이 도피적, 반역사적 문학주의로 비판적 대상이 된다. 그 반면에 우익 측에서 보면 지나치게 공식주의적이고 이념 편향적인 좌익 측 문학관은 문학을 정치의 시녀나 노예로 전락시킨다는 비난을 면하기 어렵다. 해방공간에 있었던 정치와 문학의 관련성에 대한 논쟁은 바로 이와 같은 관점의 차이에 기인한다.

이렇듯 문학과 정치의 관련성 문제는 좌우익이 다 같이 기본적으로는 서로 밀접한 관련이 있다는 차원에서 출발하고 있지만, 그

초점과 관점을 어떤 방향으로 맞추느냐에 따라서는 매우 다른 입장을 취할 수 있다. 이것은 결국 정치적, 현실적 문제와 그 이념을 직접 다룸으로써 문학이 인간 사회의 현실적 문제 해결에 적극적으로 관여하여 그것을 극복하는 일을 우선 목표로 할 것이냐, 아니면 인간의 본질적인 문제로 돌아가서 그 근원에서 문제 해결의 실마리를 찾되 그것을 문학 본연의 형식을 통해서 표현함으로써 미학성과 자율성을 최대한 확보할 것이냐 하는 문제로 이원화된다.[28]

북한의 경우, 해방 후 북한에서 공산정권을 수립하려던 정치 세력들은 인민들을 교양하고 고무 추동하는 중요한 수단으로 문학을 택했고 북한의 문학인들도 이러한 정책들을 적극적으로 수용하여 정권 수립에 크게 기여했다. 이를 위하여 북한의 정치 세력들은 문학 관련 조직을 만드는 일, 문학 활동을 하는 일, 문학의 방향을 정하는 일, 신인들을 배출하는 일 등 문학과 관련되는 모든 활동에 적극 개입하였다. "평화적 건설 시기" 북한의 문학은 당의 노선과 정책에 의거하여 작품을 창작해내야 했고 이 노선과 정책에 의거하여 문학과 관련한 이론들을 정립해나갔다. 그리하여 북한의 문학은 당의 노선과 정책을 구현하고 그에 따른 현실적 과업들을 고무추동함으로써 인민대중들이 사회주의 정권 수립에 적극 참여하도록 선전선동하는 임무를 충실히 수행하였다.[29]

---

28) 이상호, 「자유민주주의 체제와 무학의 역할」, 「문학과 정치이데올로기」, 현길언 외, 한양대학교출판부, 2005.
29) 박상천, 「'평화적 건설 시기' 북한 정권 수립과 문학의 역할」, 「문학과 정치이

1970년대 이후의 북한은 유일사상지도 체계를 중심으로 김일성 주석의 항일무장혁명 전통을 유일한 전통으로 한 주체시대를 개막한다. 1994년 김일성 주석 사망이후 10여년이 흘렀으며, 선군정치에서 선군사상이 강조되고 있지만 기본 골격은 수령관을 바탕으로 한 주체의 연장이라고 할 수 있다.

문학과 정치의 관계에 대해 중국에서 지난 백년간 끊임없이 많은 논쟁이 있었다. 중국 문학정치관의 형성은 역사적으로 오래되었으며 문학과 정치 간의 장기적인 상호작용에 의해 형성되었다. 문학정치관은 문학의 입장에서 정치를 바라보는 것이라기보다는 정치의 입장에서 문학을 바라보는 것이라고 생각해야 할 것이다. 다시 말해 문학정치관의 시점은 정치에 두는 것이지만 그 시점의 대상은 문학에 있다.

중국 문학정치관의 역사 발전은 중국 문화의 발전 과정과 대체로 일치하다. 중국 고대에는 근대에서 말하는 '순수예술', '순수문학'이란 없었다. 중국 전통 문학은 문학, 역사, 철학, 그리고 정치까지 하나로 융합했다. 특히 정치는 강력하게, 혹은 자연스럽게 문학 속으로 스며들어 중국 문학 속에서 어떤 색채, 어떤 요소, 어떤 원천적인 소질로 존재했다. 정치는 문학을 장식하기도 하고 제약하기도 하고 있었다. 여기서 주의해야 할 점은 중국 문학에 영향을 끼치는 '정치'는 어떠한 순수적인 '정치'가 아니다. 중국의 사회 역사는 중국의 정치가 일종의 '윤리정치'가 되도록 하였으며

데올로기」, 현길언 외, 한양대학교출판부, 2005.

"내성외왕(대내적으로는 성자, 대외적으로는 왕)"의 결집력으로 정치와 윤리를 하나로 굳게 융합시켰다.

문학과 정치의 관계는 일종의 객관적인 사회 존재이며 문화 속으로 깊이 스며들어 전면적으로 상부구조와 의식형태에 영향을 주고 있다. 크게는 '정문합일(정치와 문학이 하나가 됨을 뜻함)'의 정치실체부터, 작게는 '역문합일(관직과 문학이 하나가 됨을 뜻함)'의 사대부까지 모두 정치와 문학을 하나로 묶었던 것이다. 다른 말로, 정치와 문학의 합일체는 이미 중국 문화의 피부이며 세포가 된 것이며 각종 사회사상을 배양하는 토양이 된 것이다. 물론 중국 역사상에 정치를 싫어하거나 반감을 가져서 정치를 멀리 하는 문인이 없었던 것은 아니다. 그러나 정치를 멀리한다는 것은 어떻게 보면 또 다른 정치에 가까이 하는 것일 수도 있고, 은둔은 일종의 인생 추구로써 물론 초탈해 보이지만 한편으로는 또 다른 특정한 정치적 추구를 위한 것이라고 볼 수 있다.

중국 역사를 통해 얻은 경험 혹은 교훈으로써 문학과 정치의 관계가 적절할 때 양자는 서로에게 이득이 될 것이며, 양자 관계가 적절하지 못할 때 양자 모두에게 해가 될 것이다. 그러므로 문학 속의 정치적 경향과 정치적 내용을 어떻게 평가해야 하며, 문학의 정치적 영향과 정치적 작용을 어떻게 분석해야 할까? 문학이 정치를 반영하는 데에 어떠한 사상적 원칙과 예술적 원칙을 준수해야 할까? 이러한 문제들은 이론 면에서나 실천면에서나 매우 중요한 의미를 가진다.

마르크스주의에 따르면 문학은 정치와 함께 상부구조에 속하며 서로간의 관계는 비교적 직접적이다. 계급 사회에서 문학이 이데올로기로서 창작 주체의 계급 이익을 반영할 것은 분명하며 일정한 정치적 목적을 가질 것은 당연한 것이다. 그러나 세계관 및 창작방법 간의 모순으로 인해 텍스트의 세계관과 작가의 의도 간에 복잡한 연관이 있을 수 있다. 문학과 정치 간의 필히 관계를 맺어 있지만 그 관계의 표현 양식은 다양할 수 있다. 중국 전통 문학 창작에서 문학 주체의 귀족성이 주류를 이루고 있었지만 어느 정도의 민중성도 함께 포함되어 있다고 부인할 수 없다. 창작 주체가 겪은 정치적 경험으로 인해 그들이 일반 민중들의 정서나 처지에 가까이 하도록 할 수도 있기 때문이다. 그러므로 그들의 입장과 태도 또한 다양할 수 있다.

특정한 사회 구조에서 문학이 일종의 사회 현상으로 존재하며 필히 정치권력의 관여나 영향을 받을 것이다. 문학 자체는 그 관여나 영향이 좋고 나쁠 것을 결정할 것이 아니다. 영향의 좋고 나쁨은 특정 역사의 요구 및 작가의 예술적 재능에 의해 변할 수 있다. 중국 문학사에서 문학은 때로 정치권력의 희생양이 되며, 때로 권력과의 투쟁에 성공자가 될 수도 있었다. 역사적으로 보면 정치권력이 문학을 관여하거나 영향을 줄 때 문학의 미학성을 존중할 것을 원칙으로 해야 한다.[30]

대만의 경우도 마찬가지다. 1980년대 리덩후이 정권이 들어선

---

30) 覃召文, 「中國文學的政治情節」, 廣東人民出版社, 2006.

후 '대만독립' 정책을 펼치기 시작했다. '타이두(臺獨)' 의식이 민족
주의 색채를 띠고 있는 선거정치와 결합하여 대만 사람들이 정치
권력 투쟁의 회오리 속으로 빨려 들어갔다. 대독 세력들이 권력
투쟁에서 이기기 위해 일부러 대만 원주민과 대륙 이주민들의 갈
등을 유발하기 시작하며 대만 사회가 이상한 분위기에 휩싸이게
됐다. 문학 분야에서 중국과의 관계를 부인하며 중국과 아무 관계
가 없는 대만만의 것으로 인식시키는 작업이 여전히 진행되고 있
다.

　이 연구는 제2차세계대전 종전 이후 동아시아의 한반도와 중국
이 일본의 식민지배에서 해방된 후 각각 내전을 거쳐 형성된 분단
문학을 비교 연구한다. 시기적으로는 한국과 북한에서 벌인 6·25전
쟁 이후, 중국에서 국공전쟁이 끝나고 국민당이 대만으로 물러나
고 공산당이 중화인민공화국을 설립한 1949년 이후로 설정한다.
분단 상황에서 한국과 북한, 중국 대륙과 대만 각각 전개해 온 분
단문학을 연구 대상으로 한다. 특히 남북한 및 중국 양안의 분단
문학에서 모두 대표가 되는 전쟁문학과 실향문학의 대표 작가 및
작품을 선별하여 논의하겠다.

제3장

남북한과
중국 양안의
분단인식

남북한과 중국 양안의 분단인식

　남북한 분단의 싹은 일제에 저항하던 독립운동 전개 과정에서 부터 나타났다. 3·1운동을 기폭제로 하여 적극적으로 항일투쟁을 벌였으며, 그 투쟁무대는 국내와 미국, 소련 및 중국으로 나뉘었 다. 특히 이념적으로는 부르주아 민족주의에서부터 프롤레타리아 사회주의에 이르기까지 심각한 대결양상을 보이고 있었다. 이처럼 이념적·지역적 분열로 말미암아 독립운동은 통합성을 유지할 수 없었을 뿐만 아니라, 해방이후 정치적 분단으로 이어지게 되었다 는 것이다.

　한반도는 외세에 의해 먼저 지리적 분단이 이루어졌고, 민족 내 부의 통합에 실패함으로써 '정치적 분단'으로 이어진 것이라고 할 수 있다. 더욱이 1950년 6월 25일 시작된 남북전쟁으로 인해 분단 의 고착화와 전변화가 이루어짐으로써 '민족적 분단'은 심화되었 다. 남북한 분단 과정은 민족사에 큰 상흔이며, 이를 교훈 삼아 남북이 반드시 평화통일로 가야할 책무를 안고 있다고 할 수 있다.

남한의 대북정책은 간단히 말해 성급한 통일의 추진이 아니라 "안보를 튼튼히 하는 가운데 화해·협력을 추진하면서 남북 관계를 개선해 나가려는 정책"이다. 현 남한의 정부는 평화·화해·협력을 통한 남북관계 개선을 정책목표로 설정하고 있다.

남한의 대북정책은 김대중 대통령이 1998년 2월 25일 대통령 취임사에서 표명한 3대 원칙에 기반을 두고 있다. 그 첫째는 평화를 파괴하는 일체의 무력도발을 용납하지 않는다는 원칙이다. 이는 한국정부가 전쟁억제를 위한 확고한 안보태세를 유지하면서 평화공존의 기반을 다지겠다는 분명한 입장이다. 둘째는 북한을 해치거나 흡수통일을 기도하지 않는다는 흡수통일 배제 원칙이다. 이는 북한당국의 흡수통일 우려를 불식시키기 위해 한국정부가 북한의 붕괴를 촉진하기 보다는 남북 간의 평화공존을 통해 '남북연합'을 실현할 수 있도록 여건을 조성해 나가려는 분명한 의지의 표현으로 북한과의 관계개선을 위한 필수조건이다. 셋째는 북한이 개방과 변화의 길로 나올 수 있도록 남북기본합의서에 따라 남북 간의 화해와 협력을 적극 추진한다는 원칙이다.

이와 같은 원칙에 바탕을 두고 현 남한정부의 대북 정책은 다음과 같은 기조에서 추진되고 있다. 첫 번째 기조는 안보와 협력을 병행 추진한다는 것이다. 다시 말하면 적극적 대북 정책의 기본 바탕은 안보라는 인식 하에 지주적 안보 태세를 강화하면서 한·미 동맹 체제의 강화 등 주변 국가들과의 집단안보 체제를 구축하겠다는 것이다.

그리고 이러한 튼튼한 안보 기반 위에서 남북 간 교류·협력에 있어 최대한 유연성을 발휘함으로써 남북 관계를 실질적으로 개선해 나가겠다는 것이다. 두 번째 기조는 평화 공존과 평화 교류를 우선 실현한다는 것이다. 현 상황에서 시급한 과제는 무력 대결의 위험을 제거하고 평화공존을 이루는 것이다. 이러한 평화공존의 토대 위에서 남북 간의 평화적인 교류와 협력을 활성화함으로써 통일 지향적 남북 관계의 발전을 이룩하겠다는 것이 정부의 대북 정책 기조이다. 세 번째 기조는 북한체제 붕괴론에 근거한 대북 압박정책보다는 북한의 대남 정책의 점진적 변화를 유도하겠다는 것이다. 다시 말하면 정부는 북한의 변화를 강요하기보다는 북한 스스로가 변할 수 있도록 자신감을 가지고 대북 포용정책을 추진해 나간다는 것이다. 네 번째 기조는 북한에 대한 일방적인 지원이나 시혜의 차원을 벗어나 민족 전체의 공동 발전과 번영이라는 대승적 차원에서 남북협력을 추진한다는 것이다. 다시 말하면 남북한은 상호 보완성에 기초하여 상호이익을 도모함으로써 경제공동체의 통일적 발전을 추구한다는 것이다. 다섯 번째 기조는 남북 당사자 해결 원칙하에 국제적 지지를 확보한다는 것이다. 남북문제는 우선 기본적으로 남과 북이 주도적으로 해결하는 것을 원칙으로 삼고, 여기에 대한 국제적 지지를 획득함으로써 분단 해소와 한반도 평화 유지를 달성하겠다는 것이다. 여섯 번째 기조는 국민적 합의에 기초한 대북 정책 추진이다.[1]

　북한에 의하면 남북분단의 근본적 원인과 책임은 '미제국주의자들'과 그들에게 굴종 아첨하는 '남조선괴뢰도당'에 있으며, '미제'는 전 조선을 식민지화하기 위하여 조선 전쟁을 도발했다가 참패하였지만 그 후에도 그 흉악한 '침략야욕'을 계속 추구하면서 남조선을 '강점'하고 있다는 것이다. 그리고 '미제'는 남조선을 미국의 '완전한 식민지'로 만들어 놓고 그들의 '괴뢰파쇼도당을 부추겨 조국의 평화적 통일을 한사코 반대하면서 분열의 고착화, 영구화를 획책하고 있다고 한다. 이것이 김일성의 남북분단에 대한 인식의 핵심이다.[2]

　38선을 형성에 대하여는 김일성은 1948년 4월 21일 "조선인민은 우리 민족을 해방하기 위하여 영웅적으로 투쟁한 소련군대의 영광스러운 공적을 대대손손으로 기억하게 될 것입니다. 미국군대는 탄알 한 알도 사용하지 않고 전쟁이 다 끝난 이후에야 남조선에 상륙하였습니다. 미국정부와 소련정부는 전시협정에 의하여 우리 국토를 북위 38도선을 계선으로 하고 38도선 이북은 소련군대의 책임지역으로 38도선 이남은 미군의 책임지역으로 당분간 구분하였던 것입니다. 이와 같이 38도선은 소·미 양국 간의 전시협정에 의하여 규정된 임시적인 계선이었습니다. 그러나 지금 이 38선은 임시적 계선이라기보다 국경 비슷하게 되어 우리나라를 남북으로 양단해 놓았습니다"라고 말하고 있다.[3]

---

1) 김세균, 「분단국가 간 정치적 가치양립과 교류의 연관성 비교연구-중대만과 남북한 사례를 중심으로」, 전북대 박사학위논문, 2001, 80~84면 참조.
2) 신정현 외, 『북한의 통일정책』, 을유문화사, 1989, 15면.

김일성의 분단인식에서의 판단기준은 공산주의의 깃발 아래서의 남북통일을 찬성하느냐 반대하느냐의 문제였다. 김일성은 통일된 조선에서는 절대로 서구식 민주주의, 또는 의회 민주주의를 채택할 수 없음을 주장하면서 공산당 지배하의 통일이 아닌 한 통일할 수 없다는 의사를 밝혔다. 1945년 10월 13일 연설에서 김일성은 "오늘의 조선에는 미국이나 영국식 '민주주의가 맞지 않습니다. 서구라파의 '민주주의'는 이미 시대에 뒤떨어졌을 뿐만 아니라 만일 우리가 그것을 채용한다면 나라의 독립을 달성하려는 우리의 목적을 실현하지 못하고 다시 외래제국주의의 식민지로 떨어지고 말 것입니다."[4]라고 하였다.

북한에 있어 북한은 '전조선혁명'을 위한 혁명기지이고, 남한은 미제국주의자들의 강점하에 있는 미해방지구로서 혁명투쟁의 현장으로 인식되고 있다. 북한의 대남인식은 전통적으로 남한은 미국이 세계제패를 위한 병참기지로 활용하기 위해 강제로 점령한 '식민지'라는 관점에서 출발하고 있다. 이러한 인식을 바탕으로 북한은 미제국주의자들로부터 '해방'과, 파쑈적 반동세력에 대한 '혁명'을 통해 남한에서 공산정권을 수립하는 것을 대남전략의 목표로 추구해 왔다.

북한이 남한과의 공존을 최초로 표명한 것은 1988년 김일성의 '신년사'를 통해서였다. 김일성은 신년사에서 "우리는 나라의 통

---

3) 김일성, 『김일성선집』, 제1권, 평양: 사회과학출판사, 1964, 189~190면.
4) 앞의 책, 9~10면.

일문제를 해결하는 가장 합리적인 방도는 북과 남이 서로 상대방의 존재를 인정하는 기초 위에서 중립적이며, 불록불가담적인 하나의 련방국가를 창설하는 것이라고 인정합니다."라고 언급한 바있다.

북한의 대남정책은 남북한의 역량관계에 따라 세 국면으로 변화해 왔다. 냉전적 체제경쟁기(1945~1980년대 중반), 현상유지적 세력균형기(1980년대 중반~1990년대 초반), 생존을 위한 관계변화기(1990년대 초반 이후)가 그것이다. 특히 1990년대 들어 경제위기가 심화되면서, 북한은 현상유지전략에서 생존을 위한 관계변화를 모색해왔다. 북한의 전략변화는 정책결정의 대외 의존성이 높아지고 있다는 점에서 더욱 그렇다. 식량난은 국제사회의 지원을 통해, 에너지난은 미국이 핵동결의 대가로 지원하는 중유와 경수로 건설을 통해, 그리고 외화난은 수출증대와 외자유치를 통해 돌파구가 모색되고 있다.

김정일 시대의 대남전략은 대미관계를 우선시하는 가운데 '남한당국 배제와 전민족적통일전선 구축', 민간차원의 남북경협 확대로 구체화되어 나타나고 있다. 북한의 남한당국 배제는 한반도 평화문제와 통일문제 두 가지 측면에서 나타나고 있다. 북한은 1994년 10월 제네바에서 북·미 기본합의문을 채택하고 이를 통해 미국으로부터 북한에게 핵무기로 공격하거나 위협하지 않을 것이라는 안전보장을 획득하고 경수로 지, 무역 및 투자제한 완화라는 경제적 실리와 연락사무소 개설 합의라는 외교적 성과를 거두었

다. 이후 북한은 대미평화협정 체결 등을 주장하면서 남한을 배제
시킨 채 미국과 한반도 평화문제에 대한 해결을 시도하고 있다.
북한은 정전협정체제를 일방적으로 무실화시키는 한편, 한반도 평
화체제 구축을 위한 4자회담에서 남북 당사자 간의 평화체제 마련
을 거부하면서 대미평화협정체결, 주한미군 철수 등을 주장하고
있다.[5]

중국은 기본적으로 현재의 양안관계가 1894년 청일전쟁 이후
일본의 대만점령, 국민당이 야기한 반인민적 내전, 제2차 세계대
전 이후 미국을 중심으로 한 외세의 개입 등 일련의 역사적 사건
에 의해 형성되었다는 인식을 갖고 있다. 역사적으로 대만은 중국
대륙의 불가분한 영토임에도 불구하고 대만문제를 야기한 근본원
인은 제국주의 열강의 중국침략과 1949년 이후 대만이 중국대륙
에 귀속되지 못한 주요 원인은 주요 서방 국가들의 내정간섭 때문
이라는 인식을 갖고 있다.[6]

대만문제의 발생은 중국 국민당이 일으킨 내전과 관계가 있으
며 더 중요한 것은 외세의 개입 때문이다. 1949년 10월 1일 중화인
민공화국이 중국의 유일 합법정부로 성립되었으며 국민당 집단의
일부 군정 요인은 대만으로 패주하였으며 그들은 미국의 지지 밑
에서 대만해협양안의 분단 상태를 조성하였다. 그리고 미국은 「대

---

5) 앞의 글, 84~89면 참조.
6) 문흥호, 『중·대만의 통일정책 비교연구』, 민족통일연구원, 1994, 7면.

만관계법」(The Taiwan Relation Act)을 발효시켜 대만에 무기 판매와 중국 내정간섭을 계속하면서 중국대륙과 대만의 통일을 방해하고 있다.

1949~1965년은 대륙과 대만의 정치대항시기이다. 이 시기에 있어 중국의 통일정책은 군사적인 수단으로 통일을 추구하는 것이었다. 1955년 5월 13일 저우언라이(周恩來) 총리는 전국인민대표대회 상무위원회 제15차 회의에서 "대만을 해방시키는 데는 두 가지 방식이 가능하다. 즉 전쟁의 방식과 평화적 방식이 있는데 중국국민이 원하는 가능한 조건 하에서 평화적 방식으로 대만의 해방을 쟁취할 수 있음"을 처음으로 제기하였다. 1956년 4월 마오쩌둥(毛澤東)도 '평화가 좋은 것', '애국에는 선후가 없다'는 등의 정책을 제기하였다. 1957년 4월 마오쩌둥과 저우언라이는 외국인을 접견하는 자리에서 '제3차 국공합작'의 주장을 펴기도 하였다. 이러한 배경 하에 1958년 10월 국방부는 두 번에 걸쳐「대만동포에게 고함(告臺灣同胞書)」를 발표하고 대만당국에 '협상을 거행하여 평화적인 해결을 추진'할 것을 제기하였다. 1959년 리우사오치(劉少奇) 국가주석은 특별사면령을 공포하고 중국 수립 후 처음으로 '확실히 개전의 정이 뚜렷한' 국민당 전범에 대한 사면을 단행하였다. 이는 중국의 대 대만정책이 점진적으로 군사적 수단에서 정치적 수단으로 전향되고 있음을 나타내는 것이다. 그러나 당시 국공 양당의 첨예한 대립 상태에서 중공의 평화제창은 국민당 당국의 긍정적인 답변을 얻지 못하였다. 이에 중공은 1958년 전선부대

에 진먼다오(金門島) 포격을 명령하기에 이르렀다. 1966년부터 1978
년 12월까지 좌경 노선의 영향으로 중국 정부의 대만에 대한 정책
은 새로운 진전이 없었을 뿐 아니라 '대만해방 관철'이라는 구호
로 회귀하기도 하여 쌍방 간의 군사대치로 다시 긴장국면이 조성
되기도 했다. 이 기간 중 국제무대에서의 쌍방 간의 투쟁 역시 매
우 격렬하였다. 1971년 10월 UN에서 대만의 모든 가입국 자격이
박탈되면서 중화인민공화국은 모든 합법적인 권익을 획득하였다.

중국은 1979년 미국과 국교를 수립하면서부터 공식적으로 무력
통일정책에서 평화통일정책으로 방향을 선회하게 된다. 즉 중국은
대만의 현존 사회·경제체제를 인정하면서 대만을 교류협력의 대
상으로 여긴다는 사실을 대만정부에 천명한 것이다. 대만과의 교
류를 확대하고, 대만의 국제적 고립을 통한 흡수통일을 추구하는
중국의 대대만정책을 나타낸다. 중국은 대만과의 관계에서 '하나
의 중국'의 원칙에 입각, 대만의 독립 추구 및 UN가입 시도에 절
대 반대하며, 이를 위하여서는 무력사용도 불사한다는 입장을 견
지하고 있다.[7]

대만에 있어서 장제스(蔣介石)과 장징궈(蔣經國) 시대에서는 분단
에 대한 대만의 공식입장은 양안의 분단이 국민당 정부의 실책임
을 부인하지 않았지만, 소련의 중국에 대한 침략의 일환으로 보았
다. 장제스의 분단인식은 자신을 따라 대만에 온 모든 軍民들 특히

---

7) 김세균, 「분단국가 간 정치적 가치양립과 교류의 연관성 비교연구-중대만과 남
   북한 사례를 중심으로」, 전북대 박사학위논문, 2001, 16~21면 참조.

동북에서 공산군과 싸운 경험이 있었던 군인들은 똑같은 견해를 갖고 있다는 것이다. 이러한 대만의 장제스를 중심으로 한 분단인식은 시대적인 상황의 변화에 따라 보다 현실적인 분단인식으로 변화된다. 중회문화의 기초인 삼민주의 중국과 마르크스레닌주의가 기초가 된 공산주의 중국과의 다툼이 중국의 분열과 분치의 본질이라는 것이다. 이러한 상이한 정치・경제・사회제도 및 생활방식의 경쟁이 바로 대만 해협 양안간의 분열과 분치의 본질이며, 오늘날 중국의 분열을 초래한 진정한 원인으로 보고 있다. 그래서 대만은 "대만과 대륙은 모두 중국의 영토이며 국가의 통일을 달성하는 것은 중국인의 공동책임이다"고 주장하고 있다.

대만으로 옮아온 후 국민당 정부는 이른바 '3불정책'(3不政策: 不接觸, 不協商, 不妥協)을 고수하며 대중국관계에 수세적인 적대관계를 유지하여 왔으며, 내부적으로는 장제스와 장징궈로 이어지는 절대 권력을 바탕으로 대륙에서 선포한 계엄령(1949)을 그대로 유지하면서 기타 정치세력의 형성을 금지하는 등 독재적 권력을 유지하였다. 그러나 1970년대에 들어와 71년에 UN에서 축출되고 79년 미국과 중국의 국교정상화에 따른 잇따른 서방국가와의 단교는 대만의 외교적 고립을 초래하였다. 또한 내부적으로도 1987년을 전후한 시기에 아시아지역을 휩쓴 민주화 열풍 등에 힘입어 민주화를 갈망하는 재야세력들이 국민당정부의 정통성과 비민주성을 추궁하면서 거센 정치적 도전을 가하는 등 대내외적으로 전환기적인 상황에 처하였다.

대만은 과거 장징궈 체제 하에서는 '하나의 중국' 원칙을 견지하여 중국본토와 일종의 법통성(정통성) 경쟁을 하는 입장이었으나, 리덩후이(李登輝)체제로 넘어오면서 분리주의 세력의 영향 하에 대만의 정치적 실체 인정에 역점을 두면서 국제적 위상강화를 꾀하고 있으며 양안관계를 국내관계보다는 국제관계로 규정해 나가려는 움직임을 보이고 있다. 그리하여 중국과 대만간의 관계를 정통성의 대립에서 '통일 대 분리'라는 새로운 대립으로 그 성격을 규정하는 경향이 보이고 있다.[8]

---

8) 앞의 글, 21~25면 참조.

제4장

동아시아
분단소설의
개념과 범주

동아시아 분단소설의 개념과 범주

　한국문학에서 '분단소설'[1]이란 용어는 학문용어로서의 의미를
지니고 있지 않지만, 전쟁과 분단이라는 특수한 역사 경험을 지닌
사정과 형편에 의해 여러 가지 면에서 유용하게 쓰이고 있는 용어
이다. 하지만 지금까지 분단소설에 대한 개념은 막연하게나마 인
식되어 무분별하게 사용되어온 것도 사실이다.[2]

　한국에서 해방기부터 현재까지의 문학은 '분단시대의 문학'[3]이
라고 언급할 만큼 '분단소설'은 현대소설사에서 중요한 위치를 차
지하고 있다. 따라서 이에 대한 개념 규정은 필수적이라 할 수 있

---

1) 분단소설의 용어는 '분단문학'에서 기인했다고 볼 수 있다. 분단문학이란 용어가
　문학사에 정착한 것은 1970년대 이후이다. 그 이전까지 6·25전쟁 이후의 문학
　은 전쟁문학, 전후문학, 이산문학, 분단시대의 문학 등 다양한 이름으로 불리어
　왔는데 이때를 기점으로 분단문학이란 말이 내실을 갖춘 용어로 널리 통용되기
　시작했다. (강진호, 『탈분단 시대의 문학논리』, 새미, 2001, 106면.)
2) 김은아, 「한국 분단소설 연구」, 홍익대 박사학위논문, 2013, 16면.
3) 권영민, 『한국현대문학사 1945~1990』, 민음사, 1993, 15면.

다. '분단소설'이라는 용어와 함께 일반적으로 '분단문학', '이산문

학',[4] '6·25문학'이란 용어가 사용되고 있으며, 한국전쟁과 관련

되어 있는 '전쟁문학',[5] '6·25전쟁문학', '6·25소설',[6] '군대소설'

등으로 칭하고 있으며, 그 외에도 '실향문학', '이데올로기문학',

'통일문학' 등의 용어가 통용되고 있다. 여기에 특정 시기를 막연

하게 지시하고 있는 '전후문학',[7] '전후소설'이란 용어도 함께 사

---

4) 이산문학이란 분단이나 6·25전쟁에 의해서 분열된 가족의 비극을 형상화한 작
   품이다. 이런 경우 가족사 속에서 민족사의 비극이 묘사되며 개인사는 가족사와
   영향관계에서 나타난다. 원래 민족이란 가족의 확대개념이고 우리나라처럼 가족
   주의적 사고가 강한 사회에서는 이산문학이 가족의 비극을 드러내고 이를 치유
   한다는 한계에만 머무르는 것이 아니라, 곧바로 민족문학의 정수에도 이를 수
   있을 것이다. 하지만 이산이라는 상황은 꼭 분단이나 전쟁으로만 생기는 필수항
   목이 아니라는 점에서 이산문학을 분단 상황과 매어두려는 것은 전적으로 타당
   하다고 볼 수 없다. (김승환, 「분단문학과 분단시대」, 『분단문학비평』, 청하, 1987,
   25면 참조.)
5) "우리나라에서 전쟁문학이란 용어는 1930년대 말기부터 1940년대 초에 걸쳐 일
   본 제국주의에 아부한 소위 황동문학의 전위대 역할을 담당했던 일부 문인들에
   의해 한국인들을 태평양 전쟁에 동원하기 위한 운동이 전개될 때 처음 사용되었
   으며, 그 이후 6·25 전쟁의 발발로 전쟁문학의 창작과 전쟁문학에 관한 논의가
   이루어졌다." (이기윤, 「1950년대 한국소설의 전쟁체험 연구」, 인하대 박사학위
   논문, 1989, 20면) 그러므로 전쟁문학, 전쟁소설이라는 용어는 현재 상황이 종전
   이 아닌 휴전이라는 이유로 그 시간대가 연장되고 있다 하더라도 현재까지 지속
   되고 있는 분단의 모순과 문제점을 담아낼 수 없다는 한계가 있다.
6) 1980년대 이전까지는 '분단소설'이란 용어 대신에 '6·25 소설'이라는 용어가
   일반적으로 사용되었다. 이것은 분단에 대한 체계적이고 내밀한 인식이 이루어
   지지 않았으며, 6·25전쟁이라는 외부적인 현상에 집중되어 있었기 때문이라
   할 수 있다. (한용환, 『소설학 사전』, 고려원, 1992, 188~190면 참조.) 한국에게
   있어서 분단은 6·25 전쟁 이후에 정립된 것이 아니라 그 이전, 즉 해방 후 남
   북이 분열되면서 미·소의 분할점령 때부터 징후가 있었다. 6·25전쟁 때문에
   분단이 된 것이 아니라 분단이라는 역사적 상황에서 6·25전쟁이 야기된 것이
   다. 그러므로 '6·25소설'이라는 용어도 부적절하다고 볼 수 있다.
7) 전후문학이라는 개념은 서구에서는 제2차 대전 이후의 문학을 전후문학이라고

용되고 있다. 이러한 용어들은 '분단'을 중심에 놓는다는 점에서 공통성이 있을 뿐 문학 장르적 개념보다는 소재나 특정 시기를 의미하는 용어에 그친다고 볼 수 있다. 따라서 '분단극복이라는 의식적 측면'[8]과 문학의 형식을 규정짓는 장르적 측면을 포괄할 수 있는 구체적인 용어가 바로 '분단소설'이라고 할 수 있다.

분단소설의 개념을 명확하고 분명하게 규정하기 위해서는 지금까지 논의된 분단소설의 개념을 정리할 필요가 있다. 우선 분단소설을 정의하는 관점은 크게 두 가지로 구분할 수 있다. 첫째, 분단 상황에 대한 역사적 인식을 가지고 접근하여 민족통일에 효과적으로 기여한 것을 분단소설로 보는 관점, 둘째, 분단을 소재로 한 작품이나 혹은 분단 상황을 객관적인 태도로 잘 표현한 것을 분단소설로 보는 관점이다.[9] 전자는 분단소설이 분단 상황을 극복해야

칭하기 때문에 개념상 혼란이 생기기 쉽다. 1950년대 이후 문학 연구가들이 1950년대의 한국문학 특성과 시대적 상황을 가리키는 편의상의 용어로 '전후문학'을 동원하여 사용하였다. (임헌영, 「분단시대 문학론고」, 『민족의 상황과 문학사상』, 한길사, 1986, 202면.) 하지만 이 용어는 세계문학 속의 전후문학과 한국전쟁 이후 한국문학의 흐름이 엄연히 구분되어야 하기 때문에 동어로 사용될 수 없는 개념이다. 또한 한국문학사에 전후시기를 언제까지 봐야 하는지 시대적 하한선이 없다는 것도 문제점이다.

8) 김명준, 「한국 분단소설 연구-「광장」, 「남과 북」, 「겨울골짜기」를 중심으로」, 단국대 박사학위논문, 2001, 7면.

9) 김승환은 분단문학에 관한 논의를 두 가지 방향을 설정한 후, 실증주의적 입장에서 분단문학의 실상을 전반적이고도 객관적으로 분석하려는 태도와 민족통일에의 이상주의적 관점에서 문학의 역할을 강조하고 창작방법론을 지도해나가려는 목적지향적 태도를 구분하고 있다. 전자는 '존재하는 것'으로서의 분단문학을 논하겠다는 것이며 후자는 '존재하여야 하는 것'으로서의 분단문학을 논하겠다는 것이다. (김승환, 「분단문학과 분단시대」, 분단문학비평, 청하, 1987, 33면.)

한다는 효용성과 명확한 목적성을 띠고 있다. 그에 비해 후자는
전자보다는 유연하고 포괄적으로 접근한 입장이다.

분단소설에 대한 개념 정의에서 이와 같은 태도를 두드러지게
나타내는 논자로는 전자에서는 백낙청, 고은, 임헌영, 김병걸, 문
병란, 심경림, 구중서, 채광석, 도종환, 김정환 등이 있으며, 후자에
서는 김윤식, 김병익, 천이두, 이재선, 정호웅, 이동하, 전영태, 이
남호, 성민엽, 장석주, 박철희, 김재홍, 조남현 등을 들 수 있다. 절
충적 입장을 보이고 있는 논자로는 김승환을 들 수 있다.

이들 논의 중 대표적인 것을 중심으로 살펴보기로 한다. 먼저
임헌영은 기존의 용어들을 하나씩 비판적으로 언급하면서 분단소
설의 용어를 정리한다.[10) 이어 임헌영[11)은 분단문학의 문제, 분단
문학의 개념, 구체적 작품해석 등 다방면에 걸쳐 분단문학에 관한
풍부한 연구 논의를 전개했다. 임헌영[12)은 분단문학의 개념을 논
하기 앞서 작가들이 분단문학을 쓰기 위해서는 분단의 근본원인

---

10) '전후', '전쟁'은 6·25전쟁을 어떤 입장에서건 전쟁행위로 보고 이를 일반화
시킨 관점이다. 여기서 '전쟁문학'이라면 세계 문학사 전체에서 볼 수 있는 소
재적 분류에 지나지 않기 때문에 반드시 그게 6·25전쟁 이후의 한국문학이라
는 연상 작용까지는 일으키지 못한다. '전후문학'의 경우는 서구에선 제2차대
전 이후를 뜻하기 때문에 개념상 혼란이 생기기 쉽다. 또한 '전후문학'이라고
하면 그 시대가 전쟁 후 언제까지인가가 문제이며, 그 시기에 창조된 문학을
통칭해야 되는가 하는 쟁점이 남는다. 또한 '1950년대 소설'이라는 용어는 시
대적 편법을 쓴 일반론적인 명칭으로 이 시대의 혼란과 비극을 집약시킬 수
있는 합당한 술어가 못 된다. (임헌영, 「분단시대 문학론고」, 『민족의 상황과
문학사상』, 한길사, 1986, 202면.)
11) 임헌영, 『민족의 상황과 문학사상』, 한길사, 1986; 임헌영, 『분단시대의 문학』,
태학사, 1992.
12) 임헌영, 『분단시대의 문학』, 태학사, 1992, 221~223면.

을 인지해야 한다고 주장한다. 그는 분단의 원인을 세 가지로 요약하여 제시한다. 첫째, 외세의 부당한 작용이며 둘째, 민족 내부의 독재 권력 세력이나 자기 이익을 위한 지배체제의 구축 때문이라 지적한다. 셋째, 자본주의와 사회주의의 이념적 대립이 빚은 결과라고 지적한다. 이러한 요인이 일정하게 민족 분단을 고착화시켰기 때문에 이를 극복하기 위해서는 그 원인을 분석 비판하여 해소해야 한다고 주장한다. 따라서 분단문학을 다루는 작가들은 앞선 세 가지 주제를 수렴하는 것이 가장 중요한 작업이라는 것이 그의 논지이다. 이를 전제로 하는 분단문학은, 분단으로 비롯된 민족의 모든 갈등과 모순을 파헤치면서 이를 극복하고자 하는 민중의 삶과 사상 그리고 정서를 담을 작품이나 그와 관련된 모든 문학 활동으로 규정하고 있다. 그러나 그의 개념 정의는 한정된 범위의 창작방법론을 제시함으로써 작가의 개성을 침해하는 비평에 그치고 말았다. 또한 그는 분단문학을 분단 현실 극복이라는 실천성에 중점을 둠으로써 목적 지향적 개념정의가 되었다.

그에 비해 정호웅[13]은 보편적으로 사용되고 있는 '6·25문학'이란 용어를 진단하면서, 이는 6·25전쟁이 전 시대에 다양한 모습으로 나타났던 분단의 징후들을 수렴, 이후의 분단 상황을 결정지운 직접적인 계기가 되었기 때문에 사용되었다고 판단한다. 하지만 이 경우는 6·25전쟁을 지나간 과거의 기억으로 폐쇄시키는 느

---

13) 정호웅, 「분단극복의 새로운 넘어섬을 위하여」, 『분단문학비평』, 청하, 1987, 83~89면.

낌을 준다는 점에서 적절하지 못한 것으로 평가한다. 왜냐하면 6·25전쟁은 지나간 과거의 기억이 아니라 여전히 지속하는 역사적 사건이기 때문이다. 이와는 달리 분단문학이라는 용어는 오늘날 한국 사회가 궁극적으로 분단 상황에 의해 성격 지워지며, 또 그러한 상황은 극복되어야만 한다는 인식을 담고 있는, 말하자면 분단 상황의 극복이란 실천적 명제를 내포하고 있다고 평가한다. 나아가 이산문학이란 용어도 분단에서 직접적으로 말미암은 것이므로 분단문학이란 용어로 포괄해야 한다고 평가한다. 정리하자면, 분단문학이란 분단 문제를 소재로 삼은 모든 작품을 가리키는 현상 기술적 개념이며 또한 분단 상황의 극복을 지향하는 가치 개념이라고 정의한다. 이러한 정의는 분단에 대한 소재들을 포괄적으로 끌어들여 논의했다는 점에서 주목된다.

김승환[14]은 분단문학론의 양상 및 쟁점을 상세하게 정리하면서, 분단문학 비평사에서 혼용된 분단문학 이외의 용어를 체계적으로 되짚으면서 분단문학의 정의를 시도하고 있다.[15] 그는 분단문학의

---

14) 김승환, 「분단문학과 분단시대」, 『분단문학비평』, 청하, 1987, 20~26면.
15) 분단문학의 갈래를 교훈주의적 시각과 예술지상주의적으로 구분하여, 전자는 '분단옹호문학'과 '분단극복문학'으로 세분하였다. 하지만 '분단옹호문학'은 실제로 작가가 분단 상황을 옹호하여도 이를 문학적으로 형상화하는 현실적으로 불가능하기에 가시적으로 드러나기 어렵다. '분단극복문학'은 통일된 국가를 이루기 위해서 문학이 선도적인 역할을 떠맡자는 적극적 실천의식이자 민족문화운동의 방향성을 갖는다. 또한 외적인 분단, 분열의 극복이 있기 전에 내면적 분단의식을 극복하는 것이 필요하며, 분단극복문학이라면 그런 의식이 투영되어야 한다. 후자는 '냉전문학', '이산문학', '육이오문학'으로 세분하였다. '냉전문학'은 분단을 극복하고자 하는 의지는 의식적으로 사장해 버리고 오로지 분단을 소재로만 다루려는 태도이다. 이러한 문학은 그 속성이 강화되면 반공

범위를 분단 시대에 남한에서 생산된 분단주제의 문학이라고 규
정하고, 분단문학을 분단에 대한 역사적인 인식을 가지고 창작된
작품이거나 그렇지 않다 하더라도 분단의 상황이 잘 드러나 있는
분단 시대 남한에서 생산된 분단 주제의 문학작품이라고 정의한
다. 하지만 이 정의는 어디까지나 잠정적인 것이며 시대상황의 변
화를 점검하고 문학논쟁의 과정을 거쳐 새로이 규정되어야 한다
는 유보적인 입장을 밝혔다. 이러한 입장은 분단문학에 대한 개념
과 범위설정을 유연하면서도 구체적으로 정리하였다는 점에서 의
의가 있다. 하지만 '남에서 생산된 소설'의 공간적 개념은 재고할
여지가 있다. 탈이념화된 시대적 상황에서 과거의 이념 갈등이 해
체되고 남북 관계가 진전된 상황에서, 분단소설에 대한 지역적 제
한은 오히려 갈등을 심화시킬 여지가 있다.

　김명준[16]은 분단소설은 해방 이후 남한에서 생산되었고 분단에
대한 역사·철학적 인식을 가지고 창작된 작품이거나 분단 상황
이 잘 드러나 있는 분단 주제 또는 소재의 모든 소설이라고 주장

　　문학으로 변질될 수도 있고 이데올로기의 수단으로 이용되기도 한다. '이산문
　　학'은 민족사적 불행인 이산가족의 비극을 문학화한 작품이며 분단이나 육이
　　오에 의해서 분열된 가족의 비극을 휴머니즘적으로 드러낸 작품이다. 이 경우
　　가족사 속에서 민족사의 비극을 묘사하기 때문에 가족주의적 사고가 강한 사
　　회에서는 이산문학이 가족의 비극을 드러내고 치유한다는 한계에만 머무르는
　　것이 아니라, 곧바로 민족문학의 정수에 육박할 수도 있다. '육이오문학'이란
　　육이오에 대한 역사적 인식을 가지고 그 내면적 문제와 육이오가 미친 삶의
　　양상을 보다 적극적으로 파헤치려고 하는 작품이라고 할 수 있다. 이러한 정의
　　는 실증주의적 입장과 목적지향의 이상주의적 관점을 혼용한 관점이다. (김승
　　환, 앞의 글, 20~26면.)
16) 김명준, 앞의 글, 2001, 9면.

하고 있다. 즉 남북 분단의 원인과 고착화 과정 그리고 이것이 오늘의 삶에 미치는 영향뿐만 아니라 구체적으로 6·25전쟁, 이산문제, 이념, 비전향장기수, 탈북자, 실향민, 분단 극복 등을 주제 또는 소재로 하여 개별적 혹은 종합적으로 다룬 것으로 정의했다.

북한 분단문학의 가능성에 대해 김재용은 "'분단문학'이라든가 혹은 '분단현실 주제의 문학'이라든가 하는 낱말을 찾아볼 수 없고 대신에 '조국통일 주제의 문학'이란 다소 낯선 낱말을 찾아볼 수 있는데 이 경향의 문학은 대부분 분단된 남한의 현실을 그리는 것으로 그것을 분단문학으로 볼 수 있"다고 주장한다.[17] 그는 북한의 분단문학을 크게 두 가지로 나누고 있다. 하나는 전통적인 의미의 분단문학으로 민주기지론에 입각하여 남한의 반미구국투쟁을 그리고 있는 이른바 조국통일 주제의 문학으로서의 분단문학이 존재하고 있으며, 다른 한편으로는 이런 공식적인 분단문학과는 거리가 있는 작품으로 냉전체제로 인해 빚어진 분단과 전쟁으로 인해 야기된 불필요한 고통과 차별 같은 것을 극복하고 공존할 수 있는 평화로운 삶을 갈구하는 것으로서의 분단문학이 존재하고 있다. 북한의 작가들은 시각을 조금씩 달리해 가면서 줄곧 치안대와 같은 냉전시대에 빚어진 비극을 재구성하면서 그것이 갖는 의미에 대한 재조명과 더불어 이러한 것으로 인해 야기된 상처와 불화를 극복하기 위한 작가의 전망을 넌지시 비춰주고 있다.[18]

---

17) 김재용, 『분단구조와 북한문학』, 소명출판, 2000, 262면.

중국양안에 분단문학이라는 용어를 공식적으로 사용하고 않고 있다. 일반적으로 양안문학이라고 지칭하고 있다. 그것은 단지 양안 문학의 전체를 지칭하는 말로 이해하면 된다. 그러나 양안문학에서도 분단문제를 다루는 작품이 분명 있으므로 이 글은 위에서 논의한 분단소설의 개념을 적용해서 중국양안 문학에 접목해 보고자 한다.

대륙문학에서 분단주제를 직접적으로 다루는 소설이라고는 찾아보기 힘들 것이다. 그러나 중국의 분단은 2차대전 이후 국·공 간의 불화로 빚어진 국공내전의 결과로 인한 것이라고 볼 때 국공전쟁을 형상화하는 소설은 분단소설의 범주로 귀납될 수 있다. 그리고 대륙과 대만 간의 교류가 시작되면서 1990년대 이후부터 나타난 신역사소설 속에서 과거 작품에서 국민당이 항일을 하지 않았던 것으로 나왔던 부분을 수정하여 '국·공합작' 하에 항일전쟁을 치렀다는 방향으로 전화된 것은 분단을 극복하려는 의지를 보여주는 것으로 이해될 수 있는 이유로 신역사소설도 분단소설의 계열에 귀납될 수 있다 하겠다.

대만문학에서 분단주제를 나타내는 소설은 대륙에 비해 상당히 많은 편이다. 분단의 고착화를 심화시키는 반공소설, 장제스를 따라 대만으로 이주한 100만 명의 군인과 그들의 가족들이 창작한 회향소설, 군인 가족들이 모여사는 쥐안춘소설(眷村小說), 늙은 병사들을 슬픔과 사회문제를 반영하는 노병소설 등은 모두 대만의

---

18) 앞의 책, 282~283면.

분단소설이라 할 수 있다.

　이 글은 이상에서 살펴본 남북한과 양안의 분단소설을 연구 대상으로 설정하여 논의를 전개하고자 한다.

제5장

동아시아
분단 구조와
분단소설

동아시아 분단 구조와 분단소설

동아시아의 한반도와 양안은 전후에 자본주의와 사회주의, 보수와 진보의 성향에 따라 각각 남한과 북한, 중국 대륙과 대만으로 갈라진 상태로 문학을 전개했다. 한반도와 양안의 분단문학은 냉전의 종식을 분기점으로 하여 1980년대까지 냉전 속에서 이데올로기적 이질성을 둘러싸여 펼친 주요 문학사조, 문학현상 및 대표 작품, 그리고 냉전 종식 후 나타난 문학의 주요 변모양상들을 살펴보고자 한다. 한편으로 한반도와 양안 분단체제 간의 문학은 이데올로기적 이질성과 민족적 동질성의 이중적 궤도에서 발전해 온 것으로 나타나고 있다.

1. 한국의 경우

전쟁 이후 분단소설은 주로 전쟁 체험세대 작가들에 의해서 6·25

전쟁의 참상을 고발하는 작업으로 이루어졌다. 이러한 비극성과 피해의식은 이들 작가들의 소설에서 분단 시대의 아픔으로 핍진하게 드러나기는 하였지만, 분단 원인을 분석하거나 그 비극적 전모를 이해하는 인식까지는 도달하지 못하였다. 왜냐하면 전쟁의 비극은 이들의 분단 현실에 대한 비판적 인식을 마비시켜 놓았기 때문이다. 또한 전쟁 체험세대의 정치적 상황을 살펴보면, 사회주의에 대항하여 민주주의를 수호한다는 이념으로 반공 체제를 국시로 내세웠던 시기였다. 이러한 집단적인 대치상황은, 개별 작가들이 역사적 진실에 대한 본질적 탐구를 시도하는 데 장애요소가 되었다. 이런 사정은 해방기부터 1950년대 분단소설의 분단인식 폭과 깊이에 일정한 제약으로서 작용하지 않을 수 없었던 것으로 여겨진다. 따라서 이 시기에 발표된 '전쟁 체험세대의 작품은 분단 인식이 위축되고, 분단 현실에 대한 객관적 거리를 확보하는 데 실패하였다'[1)는 평가가 주류였다.

6·25전쟁 이후의 한국의 문단을 주도했던 작가들은 전쟁을 체

---

1) 이동하는 이들 체험세대 작가들은 그들에게 닥친 분열과 전쟁을 일방적인 수난으로 받아들이거나 추상화된 실존주의적 관념으로 이해했을 뿐, 더 이상의 심층적인 사고를 이룩하지 못했다고 그 한계를 지적한다. 즉 이들은 모든 책임이 불가해한 역사의 광란에 있다고 생각하는 데서 더 나아가지 못했다고 지적한다. (이동하, 「분단소설의 세 단계」, 『분단문학비평』, 청하, 1987, 294면.) 정호웅은 직접 체험세대의 분단 소설이 갖고 있는 한계로 시점의 객관성을 견지하지 못함으로써 6·25전쟁의 객관적 형상화에 실패하였다는 점을 지적하고 있다. 또한 전장의 직접성을 넘어 분단의 원인에 대한 깊은 성찰도 행하지 못하였다고 한다. 그리하여 그들의 전쟁 소설은 반공소설의 틀 속으로 폐쇄, 유형화되고 말아 냉전의식의 확대, 심화라는 체제 편승적 역기능으로 기능하기도 하였다고 평한다. (정호웅, 「분단극복의 새로운 넘어섬을 위하여」, 『분단문학비평』, 청하, 1987, 86면.)

험했던 세대들이고 이들은 그 시기를 거치면서 무의식적으로 전쟁에 대한 반발 심리와 그것의 추악성에 대해서 인식을 하고 있었고, 이 전쟁의 시작점이 북한이라는 생각을 지니고 있었다. 이러한 의식들은 문인들에게 반공에 대한 개념을 무의식적으로 수용하도록 만드는 역할을 하였다. 또한 1950년대에서 1970년대의 정치적 상황 역시 반공을 무기로 체제의 위약한 정통성을 유지했던 까닭에 작가들은 그런 현실에 구속되지 않을 수 없는 상황이었다. 그리고 정치적인 상황은 문단의 상황을 하나의 틀 속에 가두어 버리는 모양을 만들게 된다. 반공과 관련이 된 글을 써야지만 사회의 인정을 받을 수 있는 분위기를 정치적으로 만들어 버린 상황에서 작가들의 선택권은 많지 않았던 것이다. 반공주의 소설의 사회학적 기능은 우선, 작중 인물들에 대한 편향된 묘사를 강요한 데서 확인된다. 반공주의는 작가들에게 자기검열의 기제가 되어 말하고자 하는 바를 제대로 표현하지 못하게 억압하였고 심지어 자기기만의 요인이 되기도 하였다. 반공주의는 정권의 취약한 기반을 만회하는 도구로 이용된 까닭에 사회 비판적이거나 반미적인 내용을 일체 창작할 수 없게 만든 문학적 금기였다. 반공을 국시로 내세운 정권 아래서 정부의 정책을 반대하거나 비판했다가는 자칫 '빨갱이'로 매도되어 혹독한 고문을 당할 수도 있는 상황이었고, 또 반미란 정권의 정통성을 부인하는 행위였다. 반공주의가 한국 사회에서 맹위를 떨치게 된 결정적인 원인은 6·25전쟁 체험에 있다. 전쟁 이전의 반공주의는 지배계급이 정권의 정당성을 옹호하기 위해 민중에게 강제된 측면이 강했으나, 전쟁 이후에는 그것이 민중들의 자발적 동의에 바탕을 둔 것이라는 점에서 구별된다. 전쟁이라는 참혹한 체험을 통해서 민중들은 공산주의에 대한 분노와 적개심을 내면화하고 그것을 극도의 부정의식으로 간직하게 된 것이다.[2]

분단문학에서 분단인식이 변화하는 시기는 4·19 이후의 1960년대라고 할 수 있다. 이 시기는 1950년대의 문학적 경향에서 벗어나 역사적 성찰 속에서 전쟁의 의미를 새롭게 해석하려는 경향으로 바뀌게 되었다. 이 중에서도 6·25전쟁을 성장기 때 체험한 1940년대 전후로 해서 출생한 작가들이 분단 상황을 형상화하는 양상을 살펴보면 이전 세대보다는 비교적 전쟁 체험을 객관적으로 성찰하고 있음을 엿볼 수 있다.[3]

가. 이념 대립의 문학적 심화

선우휘는 한층 심각한 형태로 공산주의에 대한 적대감을 표현한 작가이다. 그의 소설에서 특히 주목되는 것은 공산주의에 대한

---

2) 김소연, 「1950년대 선우휘 소설연구-반공이데올로기를 중심으로」, 건국대 석사학위논문, 2008, 21~23면 참조.
3) 『광장』을 비롯한 1960년대 초반에 씌어진 작품으로 황순원의 『나무들 비탈에 서다』, 서기원의 『전야제』, 장용학의 『원형의 전설』, 강신재의 『임진강의 민들레』 등의 장편이나 이호철의 「판문점」 등의 단편이 있다. 이들 작품들은 전쟁의 비극적 체험과 시간적 거리를 확보함으로써 체험의 한계에서 벗어나 전쟁의 상흔과 분단의 현실을 객관화하려는 모습이 발견된다.

극단의 거부감이 한층 도식화된 형태의 흑백논리로 표현된 데 있다. 선우휘는 인물의 외형만을 보고 그것이 공산주의와 비슷하면 모두 공산주의로 매도하고 부정한다. 이를테면, 어떤 인물이나 집단이 폭력, 살인, 교조적 논법, 인민재판 등 공산주의자들이 즐겨 사용했던 방식과 유사한 형태를 보이면 그 실체를 확인하지도 않고 바로 공산주의자로 치부하고 부정하는 식이다.[4]

따라서 거기에는 역사의식이 존재하지 않으며 단지 공산당은 악이라는 등가적 감정만이 두드러진다.[5]

1956년 『신태양』지에 실린 단편 「테러리스트」는 선우휘의 데뷔작이라고 할 수 있으며 해방 후 '서북청년단' 활동을 했었던 '걸'과 그 동료들을 중심으로 테러의 대상도 명분도 사라져버린 상황에서 자신들의 존재방식을 찾아내지 못하는 테러리스트들의 혼란스러움을 통해 개인을 도구화시키는 국가 테러리즘의 정체를 잘 보여주는 소설이다.

'걸'은 해방 직후 평북 시골서 공산당 본부를 습격하고 그 길로

---

4) 위의 글, 27~28면.

5) 선우휘가 반공주의에 깊게 침윤된 것은 무엇보다 그의 성장 과정이 반공주의에 전면적으로 노출되어 있었기 때문이다. 알려진 대로 선우휘는 1922년 평북 정주(定州)에서 소지주의 아들로 태어났다. 경성사범학교를 졸업하고 해방과 더불어 <조선일보> 사회부 기자로 입사하였고, 잠시 인천 중학교에서 교편을 잡다가 육군 소위로 입대(1948)한 뒤 1958년 대령으로 예편할 때까지 반공의 최전선에서 생활하였다. 그는 젊은 날의 거의 대부분을 일제치하, 해방, 전쟁이라는 역사의 격변기 속에서 보냈고, 특히 전쟁 중에는 '역사의 광기'와 공산당의 만행에 맞서 몸소 투쟁의 선봉이 되었다. 이 과정에서 선우휘는 자연스럽게 반공의식을 내면화한 것으로 보인다. 강진호, 「한국반공주의의 소설·사회학적 기능」, 『한국어문학』, 제25집, 2004. 6, 319면.

남한으로 내려와 우익 행동대인 서북청년회의 일원으로 테러를 자행한 인물이다. 그러나 전쟁이 끝나고 남한 사회에서 좌익이 제거됨으로써 이념 갈등이 잠잠해지자 '걸'과 그의 동료들은 새로운 환경에 처하게 된다. 이제 더 이상 할 일이 없게 된 것이며, 이로 인해 생계의 위협까지 받기에 이른다. 현재는 출세한 친구들의 술이나 한잔씩 얻어 마시면서 하릴없이 다방에 죽치고 앉아 공산당과 싸우던 때의 이야기로 소일하며 지낼 뿐이다.

이제 이들이 갈 곳이라고는 정치깡패가 되거나 정상적인 사회인으로 변모하는 길밖에 없다. 정치깡패가 되기를 거부하지만, 한때 '빨갱이'들을 때려 부수던 호시절을 못 잊어 정상적인 사회인이 되지 못하는 이들을 작가는 연민의 눈으로 그리고 있다. 또 한때 테러리스트였던 인물을 우직하기는 하지만 소박하고 인간미 넘치는 우호적 인물로 그리고 있다는 점에서 작가의 비판적 시각과 작품 내적 논리가 서로 상충하고 있다.

> 이런 직정(直情)은 다른 데서는 절대로 찾아볼 수 없는 것이라고 생각했다. 그리고 지난 날 표범처럼 뛰던 그들 모습을 생각했다. 주먹만 내어두르면 모든 것이 잘 될 것이라고 믿었던 어리석은 꿈이 깨어지고 지금 이처럼 산란해진 마음을 여기 보는 것이다. 시대의 상황이 불가피하게 요구했던 필요악의 에너지가 지금 타성을 벗어나려고 꿈틀거리는 몸부림을 느끼는 것이다.[6]

---

6) 「테러리스트」, 『선우휘 선집』 1, 조선일보사, 1987, 36면.

작가는 결국 '걸'과 그 친구들이 정치깡패의 길을 과감히 거부하고 옛날 주먹을 날리던 때의 순수함을 그대로 간직하는 것으로 그려, 50년대 정치상황의 열악함에도 불구하고 상황논리에 굴복하지 않고 의연함을 지켜나가는 인물을 보여주려 한 것이지만, 그 의연함이란 반공테러와 정치깡패는 본질적으로 다르다는 작가의 그릇된 주관적 편견7)에서 비롯되고 있는 것이다. '걸'과 그 친구들이 그리워하는 옛 시절이란, 파업이 진행 중인 공장에 침입해 노동자들을 폭력으로 해산시키고 그 주동자들을 체포하는 일이라든지, 사회주의자들의 아지트를 습격해 활동가들을 신나게 두드려주고 공간을 파괴하는 일을 일삼던 시절이다.

전쟁이 일어나자 그들은 또 특수부대에 차출되어 전후방의 요소에서 파괴와 첩보활동을 했다. 이때 특정한 대상에게 가졌던 적의의 감정은 전쟁터에서 발산된다. 하지만 이런 혁혁한 공을 세운 인물들이 이제는 소용가치가 없어졌다는 이유로 소외되고 있는 사회, 그들의 용맹과 직정을 정치문제의 해결에 동원시키려는 사회가 바로 작가의 비판 대상이 되고 있는 것이다. 비판의 주체와 대상 사이에 가로놓인 이러한 일탈의 이면에는 반공이데올로기의 완강함이 여전히 깊은 뿌리를 간직하고 있는 것이다.

이들은 비록 테러리스트이긴 하지만, 그들의 행위는 국가에 의해 암묵적으로 승인된 폭력이라는 특징을 갖는다. 이들의 테러리

---

7) 한수영, 「1950년대 한국소설 연구: 남한편」, 『1950년대 남북한 문학』, 1991, 평민사, 49면.

스트로서의 존재의 선택은 명확한 정치적 의도를 전제한 자기 신념에 기초하지 않는다. 사실 이들이 표방하는 정치적 의도는 '반공'과 관련된 미군정과 이승만 정권의 의도이며, 따라서 이들의 행위는 국가에 의해 매개된 폭력이라고 볼 수 있다. 국가에 의한 정치목적 달성의 수단으로서의 테러리즘이 개인에게 매개되어 실현되는 것이다.

약주 두 병을 나눈 세 사람의 화제는 가장 보람있게 생각되는 공산당과 싸우던 때의 얘기에 꽃이 피었다. 학구가 전평(全評)을 습격하고 전화통으로 간부 대갈통을 후갈기던 얘기를 했다.

"한참 티구받구 부시구 하는데, MP가 들어왔네, 그걸 모르구 돌아서면서 디리받았다가 끌려가서 혼났디 혼났어."

길주가 소매를 걷으며 말을 받았다.

"현대일보 디리틴 생각나? 박 뭐이란 주필인가 하는 치보구 따쟀디, 너 이 새끼 글줄이나 쓴다구 가주뿌리만 하구, 이북에 가봤어, 이북엘? 하구 따지문서 귀쌈(뺨)을 한 대 뗐더니 말 한 마디 못하두만" 길주는 빈 접시를 높이 들어보이며 아주머니에게 안주를 찾았다.

"뭣덜 그르케 재미덜 났소?"

"뭐 땅게 아니우다. 우린 지금 빨갱이 티던 얘기 합무다"

아주머니가 두툼한 빈대떡을 가져 왔다.

"고 빨갱이덜은 거저 티야디요, 테 깔리야디요"

걸도 얼려서 해주 습격을 가다 인민군을 만나 싸우던 이야기, 용산 기관구를 들이치구 영등포 공장 적색녹조를 습격하던 이야기를 했다.

　화재는 흘러서 5.10 선거 전에 지방에 파견되어 공산당과 싸
운 얘기가 나왔다. 10여명 친구가 6, 70명을 상대로 앞문으로 나
왔다가 뒷문으로 들어갔다 하면서 많은 인원을 가장하고 싸우
던 얘기 끝에, 그때 포위당해서 혼자 싸우다가 욕을 보게 되자
전신주에 머리를 떠받고 자결한 용수(龍壽)의 얘기가 나왔다.[8]

　위 인용에서 보듯이 선우휘 소설의 기본 흐름은 공산주의에 대
한 반항, 내지는 반발이다. 걸과 학구, 그리고 길주의 월남 동기는
따라서 강력한 반공주의 때문임을 알 수 있다.

　이데올로기는 원래 개인을 주체로 불러 세우는 것이다. 이들은
모두 반공이데올로기가 제시하는 모든 내용과 약속, 미래에 주어
질 행복 등에 대해 전폭적으로 따르고 있는 것이다.

　이데올로기는 동시에 집단들을 주체로 불러 세우기도 한다. 50
년대 현실에서 집단적 주체는 남한 사회 전체라 할 것이다. 그만
큼 이데올로기가 경색되어 있었다. 원래 이데올로기는 특정집단의
허위의식이다. 그러나 50년대 반공이데올로기는 개별적 집단에 관
철된 것이 아니라 사회 전체를 관철하고 있다. 이러한 강력한 이
데올로기는 현재까지 위력을 발휘하고 있다. 왜냐하면 아직까지
통일이 이루어지지 않고 있기 때문이다.

　위 인용에서 학구, 길주 등은 모두 반공이데올로기에 전적으로
빠져 있다. 반공을 외쳐야만 그들은 자신들의 정체성을 확인할 수

8) 「테러리스트」, 『선우휘 선집』 1, 조선일보사, 1987, 26면.

있었던 것이다. 이데올로기는 개인의 실재적 상황과 가상적, 체험적 요소가 결합되어 발생한다. 그렇기 때문에 50년대의 전쟁은 하나의 실재적 상황이었고 그 상황으로 인한 결핍은 능히 가상을 상상하도록 강제하고도 남음이 있다. 그러나 이러한 얘기는 단지 일반적인 얘기일 뿐이다. 실제로 걸에게 있어서 실재적 상황은 공산당에 의한 자기 아버지의 죽음이다. 이러한 실재는 걸로 하여금 공산당을 증오하게 만들었고 그러한 증오가 그의 내부에 일종의 가상을 창출하게 하였을 것이다.

> 성기 형님은 그저 말없이 앉아서 걸을 건너다볼 뿐이었다.
> "빨갱이부텀 테없애야 하디 않소? 국제정세니 유엔이니 난 모르갔수다. 거저 빨리 그 새끼덜 까구만 싶수다레."
> "……형님, 난 원수를 가푸야 하디 않소? 나 이남으로 온 댐에 우리 아버지 잡아다 가두와서 죽게 한 놈덜 난 그대루 둘 수 없수다. 형임, 이리케 오래 가문 니북에 두구 온 동생 새끼 빨갱이 다 되지 않갔소."[9]

이러한 가족적 분노가 자연스럽게 이데올로기와 결합되어 나타난 것이 선우휘 소설인 것이다. 선우휘는 그런 인물들을 상당히 미화시킨다. 예컨대 선거 유세 중 걸과 유세원들의 싸움이 벌어졌을 때 서술자는 "걸의 눈에 이상한 빛깔이 번득였다. 그것은 몇 년 만에 비친 '표범의 눈빛'이었다"고 서술하고 있다. '표범의 눈빛'

---

9) 위의 책, 30면.

이 보여주는 강렬한 이미지를 부여함으로써 걸의 행위, 즉 빨갱이로 오해받은 그의 분노를 매우 정당화하고 있는 것이다. 이 작품에서 걸은 빨갱이 증오심에 의해 여러 번 봉변을 당한다. 그리고 그 증오심은 현실논리에 의해 여지없이 짓밟히고 있다. 그러한 상황에 대해 걸은 논리적 인식능력이 없다. 단지 직정(直情)만이 유난히 빛을 발하고 있는 것이다.[10] 이런 이유로 이 작품에 등장하는 인물들은 모두 사상의 선명성이 두드러짐에도 불구하고 그들이 가진 사상에 대한 사회, 역사적 맥락을 전혀 드러내 보이지 못한다. 이들은 반공주의자와의 대결 속에서만 삶의 의의를 찾지만 자신이 지닌 '반공이데올로기'에 대한 어떠한 이성적 판단을 내리지 못하는 정신적 불구자로 묘사될 뿐이다.[11]

그리고 이와 같은 '반공의식'에 대한 사회, 역사적 맥락의 결여는 해방 이후 좌우이데올로기의 분열과 그로 인해 벌어진 한국전쟁에서 왜 서로에게 총부리를 겨눠야 하는지에 대한 객관적 인식의 결여로 이어진다.

선우휘는 「테러리스트」의 '걸', '길주', '학구' 등이 남한에서 겪는 방황이 전후 남한 사회가 가진 문제점-이것은 부정적 인물로 등장하는 국회의원 '김가'가 '평화적 통일' 운운하는 것-에서 불거졌다는 것을 강조하면서 이들이 가진 반공의식을 옹호한다. 김가에게 매수당했다가 '걸'을 위기에서 구해주는 '길주'의 모습도 그

---

10) 김진기, 『선우휘-개인주의와 휴머니즘』, 보고사, 1998, 23~26면 참조.
11) 김효석, 「전후 월남작가 연구-월남민 의식과 작품과의 상관관계를 중심으로」, 중앙대 박사학위논문, 2005.

가 따뜻한 인간애의 소유자라는 것을 보여주고 있다.

선우휘의 소설은 승자와 패자, 공산주의자와 반공주의자, 남과 북 등을 선명히 구획 짓고 그 둘은 결코 양립될 수 없다는 현실인식을 보여주고 있다. 또한 선우휘 소설을 지배하고 있는 극우, 극좌적 인물형들도 작가가 해방 후 좌, 우익의 선택을 '모 아니면 도'라는 식의 극단적 차원으로 인식하는데서 비롯된다. 상대를 죽이지 않으면 생존할 수 없다는 이와 같은 이분법적 시각에서 비롯된 것이다. 남쪽이 이기든 북쪽이 이기든 살 길을 도모할 수 있다는 다소 황당한 논리는 거꾸로 현실은 남과 북 어느 쪽이든 한쪽에 자신의 운명을 걸어야 한다는 선우휘의 양립 불가능한 이분법적 사고를 보여주는 것이라 하겠다.

나. 이산의 현실과 분단의 지속

전쟁으로 인한 대표적인 파괴는 일상생활의 기반인 가족 공동체의 붕괴이다. 전쟁이 가장인 아버지의 죽음, 어머니 정조의 훼손, 자식의 상실 등 끊임없는 비극의 원천으로 작용한다. 특히 가부장제를 사회 질서의 축으로 삼아왔던 우리의 생활에서 '아버지 부재(不在)'로 인한 가족 공동체의 붕괴는 분단소설 속의 주요 소재로 등장하였다.

따라서 이 같은 현상이 유독 1960~1970년대에 나타난 유년기 전쟁 체험 작가들의 소설이나 전쟁 미체험 작가들의 소설에서 갑

자기 나타난 소재라고 볼 수는 없다. 그러나 전쟁의 극한상황 속에서 기인한 '아버지 부재(不在)'가, 빈곤의 원인이 되기도 하고, 어머니의 수난과도 연관되며, 가족 구성원의 불행과도 연결되는 상황이어서 가족의 무질서와 혼란이 초래되는 근본 계기가 될 수 있다. 그래서 여러 분단소설에서 주요하게 나타나는 유형 중 하나가 '아버지 부재'이다. '아버지의 부재는 사회적으로 적절한 이념이 실현된 사회규범의 부재를 암시'12)하며, 이것은 '분단소설의 서사를 이끌어가는 심층적이자 근원적인 동인'13)으로 작용한다. 즉 유소년 화자는 전쟁으로 인한 '아버지 부재'의 현실을 경험하고 그 불완전성을 깨닫게 되며, 따라서 '아버지 거부', '아버지 찾기', 혹은 '새로운 아버지 세우기'를 수행하게 된다.14)

'아버지 부재(不在)'의 상황을 소재로 한 주요 작품으로는 이청준의 「소문의 벽」, 김원일의 「어둠의 혼」, 『노을』, 『마당깊은 집』, 오정희의 「유년의 뜰」, 「중국인의 거리」, 박완서의 「나목」, 「엄마의 말뚝」 1, 2, 전상국의 「아베의 가족」, 윤흥길의 「황혼의 집」, 임철우의 「아버지의 땅」, 김주영의 『고기잡이는 갈대를 꺾지 않는다』, 현길언의 「귀향」, 이문열의 『영웅시대』, 이창동의 「소지」 등을 들

---

12) 나병철, 「여성 성장소설과 아버지의 부재」, 『여성문학연구』, 2003, 186면.

13) 강용운, 「한국전후소설에 나타난 모성성 연구」, 『우리어문연구』, 2005, 73~74면.

14) 아버지의 부재가 소설의 내적 형식으로 드러날 때, 소설은 크게 두 가지 방향으로 전개된다. 그 첫 번째 방향은 '아버지 죽이기'이고, 두 번째 방향은 '아버지 찾기'이다. 여기서 '아버지 죽이기'는 신·구의 세대적 갈등, 즉 일체의 기존의 질서와 권위에 도전한다는 것을 의미한다. 반면 '아버지 찾기'는 뿌리를 찾거나 가계를 승계한다는 것을 뜻한다. (이재선, 『한국 현대 소설사』, 민음사, 1991, 431면.)

수 있다. 이들 작품에서 나타나는 '아버지 부재'의 원인이나 상황
은 각각 다르게 나타난다. 아버지 부재의 원인은 아버지의 전쟁
참전이나 좌익 가담으로 인한 도피, 전후 혼란한 상황에서 기인한
행방불명 등 여러 원인이 혼재하여 나타난다. 이들 분단소설은 각
기 상이한 원인으로 아버지 부재 상황을 형상화하고 있지만 아버
지 부재로 인한 가족의 수난사를 다루고 있다는 점에서 동일한 지
점을 점유하고 있다.

소설 전반에서 분단문제를 다루고 있는 김원일의 작품에서는
아버지의 부재가 핵심 축을 이루고 있다. 특히 김원일은 아버지의
월북으로 인해 아버지 부재 상황을 직접 경험하였고, 그와 관련한
자신의 가족관계를 소설에 그려내고자 했던 작가였기 때문에 더
욱이 아버지의 부재라는 소재는 그의 여러 작품에 형상화되어 있
다.15)

김원일의 초기 작품인 「어둠의 혼」(월간문학 50호, 1973. 1)16)은
해방기부터 6·25전쟁이 일어나기 전까지 좌우익의 갈등이 심했

---

15) 김원일의 문학은 아버지로부터 시작된다. 다음과 같은 회고에서 이를 잘 보여
준다. "내 성장기 체험에 있어 가장 핵심을 이루는 부분이기 때문입니다. 빈곤,
굶주림 같은 생존의 원초적 문제들이 여기에 결부되어 있으며, 그것은 아버지
라는 울타리가 부재한 가운데 이 문제를 해결하지 않으면 안 되었던 일가족의
수난사이기도 했습니다. 아버지의 행방을 불명으로 얼버무리지 않고 월북임을
밝힐 수 있었던 것은 극히 최근의 일인데, 40대 후반에 이르도록 그럴 수밖에
없었던 가위눌림이 결코 만만한 것이 아니었습니다." (김종회 대담, 「가족사의
수난에서 민족사의 비극으로」, 『동서문학』, 1989. 11, 33면.) 따라서 김원일에
게 아버지는 소설의 중요한 뿌리이며, 아버지의 부재는 원초적 문제와 맞물려
작가에게 커다란 트라우마로 자리한다.
16) 「어둠의 혼」의 텍스트는 「어둠의 혼」(나남출판사, 1987)을 택했다.

던 시기를 시간적 배경으로 하였다. 이러한 배경에서 한 가족이 파멸해가는 과정을 묘사하여 분단의 비극성을 형상화하고 있다.

「어둠의 혼」에서 주인공 '갑해'에게 가장 큰 괴로움은 굶주림, 즉 배고픔인데, 이는 아버지의 부재에서 비롯된 것이다.

> 녀석 집도 우리 집만큼 가난한데 오늘 저녁밥은 오지게 먹은 모양이다. 볼록한 배가 촐랑거린다. 우리집은 왜 가난할까, 하고 생각해 본다. 어머니 말처럼 모두 아버지 탓이다. 아버지는 농사꾼이 아니요, 장사를 하지 않고, 그렇다고 월급쟁이도 아니다.[17]

아버지는 집안의 가장이지만 가족의 생계도 책임지지 못하는 무능함의 대상이다. 따라서 갑해는 가난과 배고픔의 원인을 아버지에게서 찾는다. 무능한 아버지의 부재는 배고픔의 고통에서 심리적 불안과 공포로까지 확대 전이된다. 이런 심리적 불안과 공포는 갑해에게 '보라색'과 '어둠'에 대한 두려움으로 나타난다.

> 대추나무 뒤편 하늘은 벌써 짙은 보라색이다. 나는 보라색을 싫어한다. (중략) 보라색은 어쩐지 아버지의 하는 일을 떠올리게 해주고 어머니의 피멍 든 얼굴을 생각나게 한다. 보라색은 또 말라붙은 피와 같고 캄캄해질 징조를 보이는 빛깔이다. 옅은 보라에서 짙은 보라로, 그래서 야금야금 어둠이 모든 것을 잡아먹다가 끝내 깜깜한 밤이 온다는 것은 참으로 무섭다. 이 세상에

---

17) 김원일, 「어둠의 혼」, 『연』, 나남출판사, 1987, 80면.

밤이 없는 곳이 있다면 나는 늘 그곳에서 살고 싶다. 나는 빛 속
에 함께 기어 놀고 싶고, 또 빛 속에서 자고 싶다. 그러나 아버
지는 어둠 속에서 총살당할 것이다.[18]

갑해는 저녁 하늘의 짙은 보라색을 보면서 어머니의 피멍 든 얼
굴과 아버지의 죽음을 떠올린다. 보라색은 아버지의 색이면서, 아
버지 때문에 지서에서 매 맞고 피멍 든 어머니의 색이다. 갑해에
게 '어둠'으로 대변되는 비극적 상황의 징조는 보라색으로 나타난
다. 또한 보라색은 어둠의 세계와 결부되어 아버지가 속한 어른
세계의 폭력성과 어린 화자가 처한 비참한 현실을 상징하고 있다.
결국 보라색은 어른이 된 주인공에게 '분단의 상처를 확인시켜주
는 근원색'[19]이 된다.

「어둠의 혼」에서 좌익에 관여하는 아버지의 실체는 거의 드러
나지 않는다. 갑해에게는 "닭을 채어 가는 들개처럼 늘 숨어서 어
디론가 헤매고 다녔던 아버지", "산도둑 같이 텁석부리로 또는 선
생님처럼 국방복을 입고 문득 나타났다 잽싸게 사라져버리는 요
술쟁이"로 기억된다. 갑해는 아버지가 피우는 요술이 분단 상황과
관계를 맺고 있음을 어설프게 눈치 채고 있지만, 아버지가 자신과
누이들을 배고픔에 지칠 때까지 버려두는 이유에 대해서는 구체
적으로 알지 못한다. 갑해에게 아버지에 관한 것은 온통 수수께끼
이며, '빨갱이'라는 것은 어른 세계의 일일 뿐, 아예 관심도 없다.

---

18) 김원일, 「어둠의 혼」, 『연』, 나남출판사, 1987, 81면.
19) 김병익, 「비극의 각성과 수용」, 『현대문학』, 1978. 10, 24면.

따라서 빨치산인 아버지의 행적에 대해 제대로 이해하지 못하고 있으며, 배고픔만을 줄기차게 느끼는 갑해가 분단에 대한 인식을 갖고 있다고 보기 힘들다.

그러나 갑해는 아버지의 죽음 앞에서 자신의 모든 비극이 아버지의 죽음과 연결되어 있음을 인지하고, 아버지의 수수께끼와 같은 삶을 이해해보려 노력할 것임을 다짐한다. 그는 세상에는 닭과 달걀의 문제처럼 이분법으로 옳고 그르다고 말할 수 없는 것처럼, 아버지 죽음의 원인을 언젠가는 알 수 있으리라는 희망을 가진다.[20] 이러한 갑해의 각성은 빨갱이인 아버지의 죽음을 이념의 편향된 시각으로 사고하는 것을 지양하고, 분단인식의 독단성을 배제하려는 작가의 시각이 개입된 것이라 판단할 수 있다.[21] 그러나 갑해가 망각하고 있던 분단인식은 아버지의 죽음을 통해 어느 정도 극복은 되지만, 여전히 갑해는 배고픔을 먼저 인식하고 있기

---

20) "빨갱이 짓을 하면 무조건 죽인다고, 빨갱이 짓 하려면 숫제 삼팔선을 넘어가야 마음 놓고 할 수 있다고. 그런 말을 사람들이 쉬쉬하며 소곤거린다. 그런데 아버지가 왜 그런 일에 나서게 되었을까에 대해선 아무도 말해주지 않는다. 나도 나이 들면 언젠가 알게 될 것이다. 달걀이냐, 닭이냐에 대한 질문에서 아버지가 대답한 답을 깨칠 때쯤이면, 나도 그 모든 진상을 알게 될 거였다." (김원일, 「어둠의 혼」, 『연』, 나남출판사, 1987, 233면.)

21) 이동하는 김원일의 「어둠의 혼」에서 현실적 통찰을 바닥에 깔면서 갑해의 심리를 통해 진실에의 통찰을 담고 있다고 말한다. 그의 의하면, 작가는 진실이란 결코 단순하지 않으며 숱한 수수께끼를 함축하고 있다는 사실과 어둠을 거부하고 빛을 지키려는 의지를 힘주어 제시하고 있다. 세상의 진실이 모두 흑백으로 나누어지지 않는다는 논리는 자칫 회의주의로 경도될 수 있으나, 빛을 지키려는 단호한 선택에 의해 세상살이의 용기와 지혜로 승화된다고 언급하였다. (이동하, 「가족사의 다양한 소설적 변형」, 『김원일 중단편전집』 5, 문이당, 1997, 302~304면 참고.)

때문에 원초적인 자신의 모습에서 완벽하게 벗어나지는 못한다.

2. 북한의 경우

해방 직후에서 '고상한 리얼리즘'이 정착되는 1947년까지 북한문학의 초입은 일제 치하 프로문학에 대한 비판적 계승이 주된 골자를 이루고 있으며, 1946년 토지개혁을 계기로 '건국사상 총동원운동' 등 '사상교양운동'이 활발하게 일어나게 된다. '고상한 리얼리즘'은 그에 따른 하나의 창작방법이며, 이것은 그 이후로 전개되는 북한문학의 완강한 도식주의에 하나의 출발점을 이룬다.

1948년 9월 정권의 체계가 갖추어진 다음 북한문학은 냉전시대의 전개를 반영하는 정의, 예컨대 "조선문학의 특정의 또 하나는 사회주의 조국인 소련을 선두로 하는 제 인민민주주의의 국가와 전세계 근로자 인민과의 굳은 단결과 친선과 화목을 표시하는 국제주의 사상을 그 기본으로 하는 문학"과 같이 소련식 공산주의와 유물사관을 비판 없이 추종하는 외형을 보인다.

동시에 정권 주체 세력들의 입지를 더욱 강화하기 위해 1953년 임화, 김남천, 이태준 등 남로당계 작가의 숙청, 1956년 한효, 안함광 등에 대한 반종파투쟁을 거쳐 문학의 정치주의적 경향이 가속화되기에 이른다. 이 시기의 북한문학은 한반도의 역사 위에 새로운 정치체제로 등장한 공산정권과 그 이론을 문학과 조합하는 실험적 단계를 거친다.

그 이후 1958년 말 사회주의사회로의 개조와 정치적 전망이 공식화되는 시기로부터는 북한 정치체제와 제도에 부응하는 공산주의자의 새롭고도 전형적인 성격을 창조하는 데 주력하게 된다. 이 무렵 부르주아 잔재와의 투쟁과정이나 천리마 운동에 발맞춘 공산주의 문학 건설의 슬로건은 바로 그 공산주의 원론에 근거한 공산주의자의 전형을 창조하려는 북한문화의 지향점을 반영하고 있다.

1967년 이후의 북한문학은 주체사상, 주체문학을 논리화한 이후 이를 문학에 반영되는 유일사상체계로 수렴하면서 소위 수령형상문학의 시발을 보인다.

이 분기점을 계기로 북한문학은 그 이전 마르크스 · 레닌주의 미학 및 카프와 항일 혁명문학을 계승하던 성향에서 주체문학예술에 기초를 두고 그에 상관된 김일성의 빨치산 운동을 유일한 항일 혁명전통으로 받아들이는 방향으로 급격히 선회하였다.

여기에서부터 북한문학의 상투성 · 도식성 · 무갈등성 등 획일화의 폐단이 비롯되는 것이며, 그에 대한 공식적인 반성의 표현이 나타난 것은 1980년대 초반에 이르러서이다. 물론 1980년대에 들어서도 주체문학 또는 수령형상문학의 본류가 쇠퇴하는 것은 아니지만, 1967년 이후 10여 년간 북한문학은 수령형상문학만을 지상의 목표로 하는 무풍지대에 침윤해 있었던 셈이다.[22]

---

22) 김종회, 「해방 후 북한문학의 변화 양상과 남북한 문화 통합의 전망」, 『현대문학이론연구』 16권, 2001, 156~157면 참조.

가. 전쟁소설의 혁명성 선양

북한에서 한국전쟁기 전쟁소설과 관련해 가장 강력한 창작지침
은 1951년 6월 20일에 김일성이 발표한 「우리 문학예술의 몇 가지
문제에 대하여」이다. 이 글에서는 구체적인 작품 창작 지침까지
제시되었다. 1) 인민군대의 영웅적 묘사, 2) 추상성을 배제하고 구
체적 현실을 보여줄 것, 3) 적에 대한 증오심 강조, 애국심 고취,
특히 "미제국주의자들과 이승만매국연도들의 추악한 모습" 폭로,
4) 모든 창작을 인민에서 시작하여 인민으로 돌아가게 할 것, 5) 소
련을 위시한 여러 인민진주주의 국가와의 유대관계 강화와 민족
문화노선의 지향이다.[23)]

이러한 창작 지침에 따라 북한에서 한국전쟁 관련 전후 소설은
전쟁의 잔혹성을 묘사하기보다는 영웅으로서의 조선군인, 삶터를
수호하는 후방 인민들, 그리고 전쟁고난 속의 강인한 여성들의 모
습, 반대로는 침략자로서의 미군, 괴뢰군으로서의 한국군, 그리고
미군 앞잡이로서의 치안대와 경찰들의 흉악하고 추악한 모습을
그리는 데에 집중되어 있다.

북한 전쟁소설 속의 조선군인들은 한결같이 죽음을 초개같이
여기는 영웅전사들이다. 황건의 『행복』에서 적들이 지형이 유리한
고지에서 방어전을 치고 조선군인들의 진로를 완강하게 막고 있
자 대대에서는 지정된 시간 내에 그 고지 두 개를 탈환하고 놈들

---

23) 김용직, 「북한의 문예정책과 창작지도이론에 관한 고찰」, 『북한문학의 심층적
이해』, 국학자료원, 2012, 65~66면 참조.

의 105미리포 여덟 문을 마스라는 명령을 내렸다. 앞의 두 개 중대
가 연속 명령집행에 나섰지만 효과가 별로 없자 명령은 세 번째로
정치부일군인 김정호한테 내려진다. 김정호는 한 치의 망설임도
없이 나선다.

> 정호는 군인증 당증을 전부 대대장에게 맡겼다. 어려운 전투
> 고, 살아돌아 올 작정을 해서야 일은 될 수 없었다. 명령을 받으
> 면서 이미 각오한 것이었다. 그러나 마음은 아무 구김살도 없이
> 이제야 오래 생각해 오던 시간이 왔다는 생각이 들었다. 전투
> 준비에 바쁜 흥분된 시간, 피득피득 고향 생각, 친한 사람들의
> 생각, 걸어온 과거에 대한 생각들이 떠올랐으나, 모두가 나와의
> 리별을 섭섭해는 하겠으나 나에게 오늘이 있은 것을, 있을 수
> 있으며 또한 훌륭한 일로 축복하리라는 뜨거운 마음이 앞섰다.[24]

이것은 김정호가 임무수행을 나서기 직전의 심정이다. 그는 앞
에 놓여있는 것이 죽음인 줄 뻔히 알면서도 추호의 두려움이 없다.
오히려 그것이 오래 기다리던 시간이며 축복받을 일이라는 자랑
스러운 마음부터 앞선다.

조선군인의 영웅상과 정 반대로 전쟁에서의 미군은 모두 인간
이 아닌 동물과 같은 추악하고 우스꽝스러운 외모를 갖고 있다.

너리먹은 던테자리가 대가리에 숭얼숭얼한 포로들을 보았을

---

24) 황건, 『행복』, 문예총출판사, 1953, 60면.

때 점순은 정말 놈들에게 구역이 나는 것을 느꼈다. (무엇 때문
에 싸우는 줄도 모르고 끌려 다니고 팔려다니는 놈들!) 점순의
눈에는 그들이 마치 이 빠디가 모지라지고 톱이 빠져버린 비루
먹은 야수와 같이 뵈었다. 그 물거미 뒤다리같은 키, 꾸부정한
허리, 썩은 고지박같은 대갈통, 창끼에 걸린 승냥이 같은 눈깔·
그 골통속에 대체 무엇이 들어 있단 말인가!25)

한설야의 『대동강』에서 점순이가 인쇄소의 유리창으로 본 조선
군인에게 끌려가는 미군포로들의 모습이다. 미군의 외모는 인간으
로서의 외모가 아니라 동물의 양상을 하고 있는 야수 같은 존재였
고 극히 과장되고 부정적으로 그려졌다. 그것은 미군이 그만큼 뼈
에 사무치도록 미운 존재이기 때문이다. 여기에 작가의 주관적이
감정이 침투되었는 바 미군에 대한 적개심과 증오의 정서가 강하
게 드러나고 있다.

한국군은 작품 속에서 보통 '국방군' 혹은 '리승만 군대', '괴뢰
군' 등으로 지칭되고 있다. 한국군은 미군의 번역관이나 보초병으
로 등장하는 경우가 많은데 언제나 미군에 빌붙어 행사하는 초라
한 존재로서 역시 비겁하고 잔인한 성격을 지닌 인물로 형상화되
고 있다.

『대동강』에서 한국군 공군을 '리승만 군대 공병', '미군의 노예
된 것을 달게 여기는 썩은 인간들', '더러운 진승들의 졸개인 리승
만의 강아지들'로 표현된다. '어깨가 쩍 벌어지고 돼지 목통같이

---

25) 한설야, 『대동강』, 『한설야선집』 10, 조선작가동맹출판사, 1961, 30면.

받고 목덜미에 칼 맞은 자리가 있는' 외모부터 추악한 정훈장교는 미국 선교사의 양자 노릇을 하면서 영어를 익숙히 잘 알고 근력도 좋은 까닭에 선교사 부인의 총애를 받아 미국까지 다녀온다. 그는 선교사의 양자였다는 이유로 '리승만 괴뢰군의 정훈장교'가 되었으며 이것을 기회로 졸개들을 시켜서 군용물자를 훔쳐다 팔아먹고 뢰물을 받고 군인들을 승극시켜주고 또 미군들이 도적해 내온 물건 거가 노릇을 해서 배를 불리는 탐욕스러운 인간이다. 게다가 그는 "남조선의 많은 애국자들을 잡아다 죽였고 조선군인들의 후퇴시기에는 평양까지 들어오는 동안에 도처에서 살인의 모범"을 보인 인물로 형상화된다.

치안대는 한국전쟁 당시 미군과 남한군이 삼팔선 이북으로 진격하면서 이북의 마을과 도시에 만들어놓은 치안 조직으로, 미군과 국방군 그리고 과거 월남하였다가 다시 고향으로 돌아간 사람을 중심으로 하고 그 주변에 해방 이후 계속하여 그 마을에 살고 있었던 사람들을 묶어 만든 것이다. 치안대원은 그 마을에서 해방 이후 5년간 토지개혁이나 인민위원회 등에 참여하여 열성적으로 북한의 정책을 옹호하였던 사람들을 색출하는 작업과 후퇴하는 북한군을 추격하는 일 등을 하였다. 그렇기 때문에 전쟁의 와중에 북한의 크고 작은 마을에서는 치안대에 가담한 사람과 가담하지 않은 사람들 사이에 직접적·간접적인 다양한 형태의 갈등과 싸움이 일어나게 되었다.26)

---

26) 김재용, 『분단구조와 북한문학』, 소명출판, 2000, 264면.

　이상현의 「아들은 전선에 있다」에 주인공 만기 노인은 이 마을에서 대대로 신씨 집안의 소작인으로 살고 있다가 해방 직후 토지개혁 때 토지를 분여받아 비로소 자기 농사를 짓기 시작한 사람이다. 그는 토지를 받은 후 열심히 일한 덕에 열성 농민으로 인정받아 군인민위원장으로부터 표창을 받을 정도로 적극적이고 근면한 성격의 소유자다. 만기 노인의 아들이 이농맹위원장이 될 정도이니 이 집안은 해방 전과는 비교가 되지 않을 정도로 몰라보게 달라진 것이다. 그런데 전쟁이 터지고 난 다음 아들은 전선에 나가 싸우고 자신은 며느리와 딸과 더불어 후방에서 열심히 농사를 짓고 있었는데 미군과 국방군이 이 마을에 들어오면서 상황은 급변하게 되었다. 마을의 인민위원회에 속해 있던 사람들이 산으로 후퇴할 때 만기 노인은 추수한 쌀을 숨기느라 애쓰다가 기회를 놓쳐 후퇴하지 못하고 마을에 그대로 남게 된다.

　이제 마을에는 새롭게 치안대라는 조직이 생겼는데 치안대장은 과거 이 마을의 지주였으며 해방 직후 면장을 하다 월남하였던 신정삼이다. 그는 진주하는 미군을 따라 올라와 그동안 이인민위원회 사무실로 사용하던 기와집을 치안대 사무실로 삼고 활동을 하였다. 과거에 자신을 따르던 사람들을 휘하에 두고 신정삼은 후퇴하는 군인들을 잡아들이는 일뿐 아니라 미군에게 공급하기 위해 숨겨둔 쌀을 찾아 나섰다. 그런데 마을 사람들을 붙잡아 힐문하여도 쌀을 숨겨둔 장소를 대지 않자 신정삼과 그 부하들은 과거에 안면이 많을 뿐만 아니라 이 마을의 시시콜콜한 모든 것을 안다고 할 수 있는 만기 노인을 회유하려고 한다.

만기 노인은 처음에는 어정쩡하게 있다가 속으로 결심이 서자 적극적으로 나서기 시작하였다. 겉으로는 치안대에 협조하는 척하면서 속으로는 산에 있는 사람들과 인민군들에게 식량을 공급하는 일을 하겠다고 마음먹은 것이다. 그렇기 때문에 그는 며느리로부터 그런 일은 하지 말라는 호소를 듣는 것을 비롯하여 이 마을에서 아들이나 남편을 전쟁터에 보낸 사람들로부터는 차마 듣기 민망할 말마저 듣는 심한 모욕을 겪기도 한다. 어려움을 겪으면서도 그는 자신이 하고자 하는 일을 계획대로 진척시켜 나가고 이를 위해 더욱 치안대에 열심히 활동하고 있는 것처럼 위장하였다.

결정적인 날이 왔을 때 만기 노인은 먼저 후퇴했던 사람들을 쌀이 있는 곳으로 직접 안내한 뒤, 자신은 미군과 치안대가 그들을 잡지 못하도록 하기 위해 불을 지르다가 결국 치안대에 잡히고 만다. 그래서 만기 노인 사건에 책임을 지고 치안대의 일부 사람들은 처형당했으며 만기 노인도 공개 처형당하기 위해 끌려나온다. 그를 본 마을 사람들은 처음에는 영문을 모르고 당황해하다가 간밤에 쌀을 보내고 불을 지른 사람이 만기 노인임을 알게 되었고, 만기 노인은 자신의 아들이 전선에 있다는 마지막 말을 남기고 죽는다.

이 작품은 치안대 조직과 갈등하는 후방 사람들의 이야기이기 때문에 실제로 치안대에 가담했던 사람들의 활동이라든가 그들의 선택이 갖는 의미 등에 대해서는 그다지 그려지지 않는다. 실제로 남한에서 올라온 옛 지주이자 치안대장인 선정삼과 이 마을에서 살고 있다가 치안대에 가담했던 허진풍을 비롯한 몇몇 사람들의 경우 그들이 종국적으로 맞을 수밖에 없는 비참한 결말을 보여주는 데 그치고 말았으며 그 이상의 어떤 것을 보여주지는 않고 있다. 이 작품을 이끌어나가는 것은 바로 이런 치안대에 맞서 싸운 사람들의 이야기가 주를 이루고 있는 것이다.

이 작품에서 많은 동네 사람들이 만기 노인을 헐뜯는 삽화들을 보여줌으로써 전쟁 당시에 북한의 마을에서 일어난 복잡한 과정을 보여주고 있음도 사실이다. 전쟁 당시 북한의 마을에서 치안대를 둘러싸고 마을 사람들 사이에는 복잡한 과정이 벌어졌으니, 단순히 빈농은 치안대에 들어가지 않고 그 이외의 계층만 들어간 것도 아니다. 빈농이 아니어도 들어가지 않은 사람이 있는 반면, 빈농 출신이어서 일제 때 소작생활을 하다가 해방 후에 토지개혁으로 땅을 분여받아 새롭게 농사짓던 사람들 중에서도 여러 가지 이유로 치안대에 들어가기도 하였다. 그렇기 때문에 이상현은 「아들은 전선에 있다」에서 치안대에 가담한 사람과 가담하지 않은 사람들 사이에서 벌어지는 다툼과 질시를 통하여 당시 북한의 주민들이 겪을 수밖에 없었던 복잡한 삶의 모습과 현실의 움직임을 보여주려고 했다.

나. 남한 현실 비판과 체제 강화

한국에서 일어난 3·15마산의거와 4·19민주화운동이 북한에게 문학적 소재를 제공해 줬다. 북한에서 4·19를 '인민봉기'로 지칭하며, 「넋은 살아있다」(1965, 고동온)를 비롯한 일련의 소설 등 "미제와 그 주구들의 학정을 반대하고 자유와 민주주의, 생존의 권리를 지키기 위한 남조선 인민들의 투쟁현실과 조국통일에 대한 우리 인민의 절절한 념원을 형상한 작품들"을 많이 내놓았다.[27]

이 시기 작가, 시인들은 격동적인 혁명적 현실 속에서 커다란 사상적 충격을 받으면서 남조선 혁명과 조국통일을 주제로 한 작품창작에 커다란 관심을 돌렸으며 따라서 이 주제 분야에서는 전례없는 성과들이 이룩되었다.

고동온의 「넋은 살아있다」(『조선문학』, 1965. 8)는 재일조선작가의 작품으로 한 여중생을 주인공으로 4·19에 대해 다루고 있다. 올해 중학교 2학년생인 숙이와 영란이는 어느 날 갑자기 무용반에서 력사연구반으로 자리를 옮긴다. 훈육주임으로부터 당신이 빼돌린 게 아니냐는 질책을 받은 데다, ㅎ여자중학교의 무용반은 전통도 깊고 명성이 자자하였으므로 력사 연구반 담당 송 선생은 의아해 한다. 제정된 교복도 못 입고 다니는 판자집촌 자손이라 무용반에 들어가는 막대한 비용을 감당 못해 그랬거니 짐작하는데 실제로 듣게 된 사연은 좀 더 심각하다. 숙이와 영란이는 무용복을

27) 김종회, 고인환, 이성천, 『(작품으로 읽는) 북한문학의 변화와 전망』, 역락, 2007, 94면.

구하지 못하던 차에 오미자의 아버지에게 지원을 받게 되나 그 때문에 숙이는 오미자와 주연 배역을 바꾸게 된다. 숙이는 일상을 통해 사회 전체의 비리와 모순을 깨닫게 되는 결정적인 사건을 체험하게 된 것이다.

나중에 4·19시위 대열에 참가하게 되는 숙이의 계급의식은 하루 이틀에 형성된 것이 아니다. 숙이의 아버지는 10월 인민항쟁 때 군중들의 선두에 섰다가 총에 맞아 숨졌다. 영란의 오빠 영수는 "우리가 가난하고 업심을 받는 것은 썩은 정치 때문"이라고 늘 일깨워 주군 하였다. 이러한 배경 때문에 숙이는 당국에서 학교를 폐쇄하여 또래끼리 집단행동을 하지 못하게 되자 "이제는 싫건 좋건 자기 량심에 비추어 길을 골라 잡을 밖에 다른 도리가 없다"고 판단하고 자신의 생일날인 4월 19일 시위 대열에 적극적으로 참여했다가 국군 장교의 총에 맞아 숨지게 된다. "이튿날 항쟁의 거리에는 ㅎ여자중학교 시위대열이 나타났는데 그 선두에는 송 선생과 영란이, 그리고 숙이 어머니가 서 있었다."

3. 중국 대륙의 경우

1949년부터 1956까지는 중국 건국 초기의 사회주의 문학 건설의 길을 찾던 시기이다. 1949년 7월 중화전국문학예술공작자 제일차대표대회(中華全國文學藝術工作者第一次代表大會)가 열려 사회주의 문예운동이 본격적으로 전개된다. 1953년 9월에 제2차 대회가 열려 사회주의적 문학창작을 보다 적극적으로 밀고 나갈 것을 결의하였다.

1951년에 영화 『무훈전(武訓傳)』에 관한 토론이 전국 문예계에 걸쳐 진행되어, 본격적인 자산계급의 유심주의(唯心主義)에 대한 비판이 전개되었고, 1954년에 『홍루몽(紅樓夢)』연구에 대한 비판이 전개되어, 문학의 전통과 문화유산을 올바르게 계승하는 방법이 모색되었으며, 1955년에 후펑(胡風)의 문예사상에 대한 비판이 전개되면서, 계속 올바른 사회주의 문예노선을 위한 투쟁이 전개되었다. 그러다가 1956년에는 마침내 마오쩌둥에 의하여 이른바 '모든 꽃을 한꺼번에 피어나게 하자(百花齊放)', '모든 이들이 다투어 자기 생각을 내세우자(百家爭鳴)'라고 하는 방침이 제시되어 한 때 자유로운 문학 발전의 길로 향하는 것같이 보이기도 하였다. 따라서 이 시기는 문학이 광범하게 여러 각도로 발전한 새로운 문학의 황금시대라고도 할 수 있는 기간이다.

1957년부터 1965까지는 중국의 사회주의 건설이 전면적으로 추진되었던 시기이다. '모든 꽃을 한꺼번에 피어나게 하자'의 방침에 따라 드러난 문예계의 모순을 극복하기 위하여 1957년에는 반우파투쟁(反右派鬪爭)이 전개되었고, 1958년부터 이른바 대약진(大躍進)운동이 전개되면서 이에 상응하는 여러 가지 문예운동도 모색되었다. 1961년에 들어서 반우파투쟁과 대약진의 과오도 깨닫게 되어 새로운 당(黨)의 문예정책이 조정되어 다시 「모든 꽃을 한꺼번에 피어나게 하자」의 번영을 추구하는 듯도 하였다. 마오쩌둥이 리우사오치(劉少奇)와 혁명노선을 두고 자유화와 반자유화 토론의 물결을 높이기도 하였다. 그러나 1963년부터는 장칭(江青)·캉성(康生) 등의 활약이 문예계에까지 영향을 미치어 뚜렷한 좌경의 경향을 보이기 시작한다. 이 시기는 사회주의 문예건설에 커다란 성과를 이룩하기는 하였으나, 끝에 가서는 문예의 말살을 뜻하는 '문화대혁명'의 씨가 뿌려지기도 했던 기간이다.

1966년부터 1976까지는 이른바 '문화대혁명'이 진행되었던 시기이다. 문학까지도 문화대혁명에 의하여 말살되다시피 하였던 문예계의 암흑시기이다.

가. 항일혁명소설의 정치성

중국 당대문학사에서 1950년대에 전쟁이 소설의 소재로 가장 많이 채택됐다. 일반적으로 '혁명역사제재소설(革命歷史題材小說)' 또는 '혁명역사소설(革命歷史小說)'이라고 한다. 이 시기 전쟁 소설 중 가장 많은 것이 공산당의 해방군과 국민당의 국민군 간의 전쟁인 '국내혁명전쟁'에서의 영웅담이고, 다음이 공산군의 항일전쟁, 그 다음이 항미원조의용군으로 한국전쟁에 파견되었던 의용군의 영웅담을 내용으로 한 것이다. 이 글에서는 국내혁명전쟁을 소재로 한 소설만 논의의 대상으로 하겠다.

중국문학사에서 '17년문학'이라는 용어가 등장한다. 그것은 중

화인민공화국이 설립된 후 17년간에 범정치화 분위기 속에서 전
개된 문학을 가리키는 말이다.

혁명역사소설은 중국 건국 후 초기부터 1960년대까지 중국문학
사에서 중요한 위치를 차지하는 소설유파이다. "특정의 이데올로
기 범위 내에서 특정의 역사 제재를 가지고 기정된 이데올로기의
목적을 달성하기 위한 것이다."[28] 혁명역사소설은 중국공산당이
이끄는 혁명투쟁을 주요 내용으로 하고 있는데 혁명이 어떻게 시
작된 것이고 어떠한 곡절적인 과정을 거쳐 어떻게 최후의 승리를
맞게 된 것인지를 이야기한다. 펑더잉(馮德英)의 『쓴 꽃양배추(苦菜
花)』, 리잉루(李英儒)의 『야화춘풍투고성(野火春風鬪古城)』, 두펑청(杜鵬
程)의 『옌안을 지키다(保衛延安)』, 취버(曲波)의 『임해설원(林海雪原)』
등 소위 '홍색경전(紅色經典)' 소설들은 그 시기에 창작된 매우 영향
력이 컸던 작품들이다.

혁명역사소설은 특별했던 시대의 의미를 가지고 있다. "작가들
은 그들의 작품을 통해 그들이 그 시대에 처해 있을 당시의 진실
한 마음을 표현했다. 그들은 존경하고 숭배하는 마음으로 중국 혁
명의 역사와 당시의 사회 생활상을 보고 있으며, 낭만적인 방식으
로 자기가 존경하고 숭배하고 있는 인물과 이야기를 만들었다."[29]

---

28) "在既定的意識形態的規范內, 講述既定的歷史題材, 以達成既定的意識形態目的."
　　홍즈청(洪子誠), 『당대문학사(當代文學史)』, 북경대학출판사, 1999, p.106.
29) "作家通過他們的文本透露出他們在講述話語年代的眞實心態, 他們以尊崇的心態面
　　對中國革命的歷史和当代社會生活, 以浪漫的方式創造自己尊崇的人物和故事." 멍
　　판화(孟繁華), 『몽환과 숙명-중국 당대문학의 정신 역정(夢幻與宿命-中國當代
　　文學的精神歷程)』, 광동인민출판사, 1999, 37면.

보잘것없는 작은 인물과 하층민들이 작품의 주인공이나 영웅이 되며 찬양 대상이 된다.

리잉루(李英儒)의 『야화춘풍투고성(野火春風鬪古城)』(1958)은 발표 당시에 모범적 작품으로 인정받았다. 리잉루는 해방 전에 팔로군의 기자 및 편집을 맡았고 보병 단장으로 군인 생활을 체험했다.

소설은 공산당 '지하공작자'들의 생활과 투쟁 이야기를 묘사하고 있다. 1943년 겨울 허베이성 바오딩시는 일본 통치 하에 처해 있다. 항일투쟁은 매우 어려운 상황에 처해 있는데 상급 당위원회의 지시를 받아 지역구 당서기 양샤오둥(楊曉東)은 일자리 잃은 일반 시민의 신분으로 '지하공작'을 벌이고 항일투쟁하는 이야기다.

소설은 건국 초기 내지 60년대까지 대륙의 이데올로기 확립과 사회주의 건설에 있어서 선전용으로 알맞은 작품으로 높은 평가를 받고 영어, 일어, 러시아어, 독일어, 조선어, 불가리아어 등 여러 외국어로 번역해서 해외 수출까지 했다. 1963년 영화로 제작하여 보급되기도 했다. 90년대 이후부터 17년 문학에 대한 새로운 조명이 시작되면서 『야화춘풍투고성』에 대한 객관적인 평가가 이뤄지기 시작했다. 진영[30]은 이 소설은 대충만 봐도 일반적 논리에 맞지 않은 내용 설정이 많고 인위적으로 곡절적인 이야기전개를 펼친 흔적이 곳곳에 보이고 있다. 작가는 현실주의 창작 원칙을 따라야 한다는 의식은 가지고 있지만 인물의 영웅적 형상을 극대

---

30) 陳穎, 「國共對峙年代兩岸地下抗日小說管窺」, 『福建師范大學學報』, 2015年第2期, 71면.

화하기 위해 현실에 맞지 않도록 이야기를 전개해서 어설프다는
인상을 강하게 안겨주고 있다. 이 작품은 당시 17년 문학이 공통
적으로 갖고 있는 치명적인 단점을 대표적으로 보여준다. 즉 항일
전쟁 제재의 문학을 통해 중국공산당의 당위성을 확인하기 위해
작품의 도식성과 허위·과장으로 인한 예술성의 결여가 심각하게
노출되었는데도 불구하고 훌륭한 작품으로 홍보되어 왔다.

저자 본인은 서문에서 자신의 예술성 문제를 직접 인정한 바가
있다. "왜 소설의 품질이 높지 않은 겁니까? 나는 그것이 내 예술
적 수양의 한계라고 생각합니다. 하지만 더 중요한 것은 정치사상
수준이 높지 않기 때문입니다. 그래서 정치적 수준, 투쟁의 실천,
예술적 수양 이 세 가지는 문예 창작에 있어서 하나도 빠지면 안
되어 보입니다." "이 소설은 역사 제재를 쓴 것입니다. 역사 제재
(내가 말한 것은 중국공산당 탄생 이후 근 40년간의 혁명역사 제재임)를
쓰는 것은 현대 제재를 쓰는 것과 똑같이 당의 영도와 군중노선을
묘사해야 하며 계급투쟁과 계급의 운명을 묘사해야 합니다. 역사
제재는 역사의 사실과 일치해야 하며 역사의 사실을 어기거나 임
의로 역사적 사실을 수정하면 안 됩니다. 더 중요한 것은 역사 제
재를 쓸 때 오늘에 안목을 맞춰야 한다고 생각합니다. 공농병(工農
兵), 사회주의혁명, 그리고 사회주의건설을 위해 복무하는 마음으
로 창작해야 하며 그렇기 위해서 오늘의 교육에 의미 있는 내용을
선택하고 작품 속에 시대정신에 맞는 사상과 감정을 풍기도록 해
야 합니다. 시대정신과 시대정신에 맞는 사상과 감정이라는 것은

지금 자주 사용되고 있는 말로 해석하면 바로 위대한 영도자 마오주석의 올바른 노선의 지도하에 나타나는 대공무사(大公無私: 공공이익만 생각하고 사사로움을 생각하지 않는다는 뜻)의 집단주의 정신이며, 남에게 양보하고 어려움을 자신에게 끌어안고, 어려움 앞에서 용감하게 나서고 영예 앞에서 양보하는 우수한 인격, 그것이 바로 전국 인민들이 공산당의 영도 하에 형성되는 지고무상의 공산주의 인격인 것입니다. 역사 제재의 문예작품 속에 이러한 공산주의적 사상의 빛을 비추지 못한다면 작품의 사상성은 필히 크게 영향을 받게 될 것입니다. 아쉽게 『야화춘풍투고성』은 이 극적으로 중요한 문제에 있어서 매우 부족한 편입니다." 서문의 마지막에 그는 "위대한 마오쩌둥 시대에 살아가는 것은 한 명의 보통 공농병, 보통 노동자로서 얼마나 영광스럽고 자랑스러운지 모릅니다. 공산당의 영도 하에 무슨 일을 해도 즐거운 마음으로 웃으면서 해야 합니다. 앞날이 밝습니다. 나는 오랜 세월동안 엄격한 아버지 같은 당의 교육과 지도, 자상한 어머니와 같은 당의 사랑과 보살핌을 받아왔기에 온몸으로 당의 은택에 감싸여 있습니다. 지금 대 변혁의 시대에 나는 반드시 좋은 작품을 써서 당의 배양과 동지들의 관심을 보답하겠습니다"라고 하면서 창작에 대한 굳센 결심을 표현했다.

이 작품과 작가를 통해 중국 대륙에서 국가 건립 초기에 이데올로기의 확립에 있어서 문학이 어떤 위치에서 어떻게 작용하고 또 반대로 정치이데올로기가 문학에 얼마나 큰 영향을 미쳤는지 알 수 있다. 아이러니한 것은 이렇게 투철한 사회주의 옹호자는 문화대혁명 시기에 '중앙문혁' 위원이 되다가 하룻밤 사이에 반동분자로 지명되며 감옥에서 온갖 시련을 겪고 결국 정치의 희생양이 되고 말았다.

나. 국공내전소설의 이념성

『홍암(紅岩)』(1961)은 국민당 수용소의 생존자인 뤄광빈(羅廣斌)과 양이안(楊益言)이 공동 집필한 장편소설이다. 건국 초기에 청년들에게 혁명전통에 관한 교육의 중요성이 제기됐다. 이러한 배경에서 뤄광빈과 양이안은 그들이 수용소에서 적과 벌였던 투쟁 이야기를 소설로 쓰기로 했다. 1961년에 소설이 출판된 후 많은 호평을 받고 '공산주의 기서(奇書)'로 각광을 받았다. 그러나 문화대혁명 동안 이 소설이 '반역문학'이라는 누명을 쓰게 되고 금기 서적이 됐다. 두 작가는 온갖 박해를 당했다. 뤄광빈은 1967년 결국 박해에 의해 사망했다. 문화대혁명이 끝난 후 소설이 다시 간행되기 시작했다.

1948년 국민당과 공산당 사이에 벌이고 있는 전쟁 중에 국민당 통치 하의 충칭시 어느 산 속의 폐탄광인 자즈동(渣滓洞)이 수용소로 사용되고 있다. 국민당군에 잡힌 공산당 포로들은 여기에 수용되어 있다. 적들은 공산당 입에서 정보를 캐내기 위해 육체에 온갖 형을 다 썼다. 그러나 공산당의 굳건한 의지 앞에 적들은 속수

무책이다.

『홍암』은 수용소 내의 공산당 포로들의 영웅적인 모습을 재현함으로서 "한 곡의 공산주의의 찬가를 불렀으며 쉬윈펑(許雲峰), 장지에(江姐) 등 영웅 형상들에 대한 묘사를 통해 혁명자의 숭고한 정신세계를 집중적으로 보여줬으며, 인민해방과 위대한 공산주의 사업을 위해 자아 희생의 정신과 그들의 혁명 이상주의 및 두렵지 않는 영웅 모습을 그렸다. 바로 이러한 '붉은 암석'과 같은 대의 정신이 있어서 그들은 잔혹한 적에게 굴복하지 않고 산을 밀어 치우고 바다를 뒤집어엎는 기세와 교묘한 투쟁 예술로 적과 투쟁하고 승리를 거둔다. 작품은 한편 우리 공산주의 투사들의 불굴의 정신을 찬송하고 다른 한편은 적(국민당)의 흉악무도한 잔혹함을 폭로했다"는 것은 중국에서 『홍암』에 대한 평가이다.

1949년 중화인민공화국이 설립되었는데 바로 정치, 문화 등 각 분야에서 국가 이데올로기에 맞는 질서를 정비하는 것이 시급했다. 문학은 효과적인 교육 수단으로서 가장 주목을 받았으며 문학의 정치화가 심화되기 시작했다. 『홍암』같은 혁명소설은 국가 정치이데올로기에 가장 적합했다.

"이러한 작품들은 기정 이데올로기의 규정 내에서 기정 역사 제재의 이야기를 통해 기정 이데올로기의 목표에 달성한다. 이 작품들은 얼마 전에 '혁명역사'가 된 것을 경전(經典)으로 만드는 기능을 맡고 혁명 기원의 신화, 영웅전기 및 궁극적인 약속을 서술한다. 그리하여 국민들의 큰 희망과 큰 공포를 유지함으로서 현실의 합리성을 증명한다. 전국 범위에서의 이야기 전개와 읽기 및 실천을 통해 새로운 질서 속에서 국민들의 주체의식을 키워 나간다."[31]

4. 중국 대만의 경우

계엄시기 대만의 문예정책은 국민당이 대만에 진주하기 전에 국민당이 통치했던 지역을 지칭하는 '국통구(國統區, 국민당 통제구역)'에 있을 때의 '반공문예정책'을 계속 이어서 실시한 것이다. 1940년 '중국문예협회' 주요 책임자인 장다오판(張道藩)은 우익적 문예를 지도하는 논저를 많이 썼다. 그 중에서 가장 중요한 것은 「우리가 필요한 문예정책(我們所需要的文藝政策)」이다. 이 글은 마오쩌둥이 쓴 「옌안 문예 좌담회에서의 담화(在延安文藝座談會上的講話)」에 대응하기 위해 쓴 것이다. 장다오판은 국민당의 '중앙문화운동위원회'의 활동을 지휘하는 책임자의 신분으로 우익 문인들에게 '삼민주의문예정책'을 제시하여 문인들을 하여금 '문예를 건국의 추동력'으로 삼게 하도록 했다. 「우리가 필요한 문예정책」은 「옌안 문예 좌담회에서의 담화」와 정 대립적인 구도를 갖고 있다. 전자는 삼민주의를 기본 사상으로, 후자는 공산주의를 기본 이론으로 삼고 있다. 창작 방법에 있어서 전자는 우익의 '삼민주의적 사실주의'를, 후자는 좌익의 '사회주의적 사실주의'를 표방한다. 당시에

---

31) 黃子平, 『"灰闌"中的叙述』, 上海文藝出版社, 2001, p.26.

는 대부분 문인들은 공산당을 동정하거나 공산당과 같은 편에 있었기 때문에 장다오판의 문예정책은 큰 영향력을 발휘하지 못했다.

대만으로 옮겨간 후 장다오판은 자신의 문예정책을 부분 수정하여 「현재 문예창작의 세 가지 문제」를 내놓았다. "반공항러(反共抗俄)를 내용으로 하는 작품은 바로 삼민주의의 문예작품이다. 적색의 공산주의의 독을 제거할 뿐만 아니라 국민들이 삼민주의 혁명사상을 실천하도록 할 수도 있다.……" 이것은 장다오판의 우익 문예운동에 관한 두 번째 글이다. 세 번째 논저인 「민생주의 사회의 문예정책(略論民生主義社會的文藝政策)」과 두 번째 논저는 첫 번째 논저와의 차이점은 '반공복국'이라는 내용이 추가되었다는 데에 있다.

국민당 문예정책의 창시자로서 장다오판은 1950~1960년 강력한 정치적 지지를 받았다. 그는 문인 집안 출신이면서 철저한 국민당의 총신이기 때문에 장제스 부자로부터 총애를 받게 되어 국민당 정권의 문예정책에 큰 영향을 미쳤다.[32]

대만문예정책의 실질적인 추동자로서 1950년 장제스의 아들 장징궈(蔣經國)가 총정치부 주임직을 맡게 되어 1952년에 「문예계 인사에게 고하는 글(敬告文藝界人士書)」을 발표했다. 이 글에서는 그는 문예가 군대에 들어가야 한다는 의사를 밝혀 '文藝到軍中去'를 유도했다. 같은 해 장다오판이 계획하여 '중국문예협회'와 '중화문예상금위원회'가 설립되어 군중문예와 사회문예의 두 가지 궤가 서로 보완하는 태세를 갖추게 됐다 장제스는 1953년 「民生主義育樂

---

32) 鄭明娳, <臺灣文藝政策現象>, <世界華文文學研討會> 논문, 홍콩, 1991.

두 편 보충 서술」이라는 글을 발표해서 국민당 대만 정권의 문화 분야 기본 강령 역할을 하게 됐다.

국민당 대만 정권은 50년대에 문학을 반공 투쟁의 주요 역량으로 승격시켜 엄격한 관리(30년대 작품을 금기시킴)와 교육(조직을 구성해 작가에 대한 교육을 실시함) 두 가지 병행해서 문학의 반공 작용을 최대화시켰다. 정치의 강압 하에 작가들의 창작 자유성과 의욕이 떨어지며 걸작의 출현이 어려웠다. 반공문학은 처음부터 대만 본토의 전통적 문학과 아무런 관계를 맺지 않았기 때문에 대만 본토에서 뿌리를 내리지 못했다.

한국 문학에서 분단문학의 개념을 빌려 중국 양안의 문학에 접목해 보면 대체적으로 남북한과 비슷한 현상을 발견할 수 있다. 분단체제 하에 서로의 정치적 대치 국면에서 한국과 대만에 모두 반공문학이 생겼었고, 실향(失鄕:고향을 잃다는 뜻) 혹은 회향(懷鄕: 향을 가슴에 품는다는 뜻)문학이 있었던 것은 한국과 대만 간의 유사점이다. 중국 대륙과 북한에는 모두 혁명역사제재의 문학이 있었다. 다른 점이 있다면 대륙 문학에 분단으로 인해 고향을 그리워하지만 돌아갈 수 없는 고통을 반영하는 실향 혹은 회향문학이 별로 없다는 것이다. 그 이유는 대륙에서 전쟁으로 인해 고향을 떠난 경우가 있지만 돌아갈 수 없는 상황은 없다고 봐야 하기 때문이다. 남북한 분단문학에 전쟁소설 혹은 전후소설이 빠질 수 없는 것과 마찬가지로 양안 분단 의미의 문학에도 반드시 출현하는 것은 전쟁문학이다. 중국도 민족 내부의 전쟁을 겪고 나서 분단되기 때문이다. 내전은 문학에 커다란 창작소재를 남겨줬다. 단지 남북한과 중국양안은 서로 다른 입장과 다른 상황에서 매우 다른 문학이 생산된다. 국민당이 반공정책을 추진하기 위해 일부 전쟁문학과 회향문학을 반공문학의 범주 안에 포함했는데 실질적으로 반공문학인지 아닌지는 논의의 여지가 많다.

50년대 반공문학의 흥행 현상을 통해 특수 상황에서 정치가 문학에 얼마나 많은 영향을 끼치는지 잘 보여준다. 문학이 정치의 수요에 맞게 창작되어지다 보니 문학의 예술성이 떨어질 수밖에 없다. 장다오판은 반공시에 대해 "언제나 똑같은 형식, 똑같은 말투, 똑같은 품격이고, 열편을 읽어도 한편을 읽는 것이랑 마찬가지다."라고 평가하며, 반공소설에 대해서는 "천편일률적인 형식과 천편일률적인 구조, 천편일률적인 서술묘사, 천편일률적인 언어문자"[33]라고 평가했다.

가. 반공소설의 자발성과 정치성

1950년 5월에 대만에서 중국문예협회(中國文藝協會)를 결성하였다. 이 협회는 창립 선언문에서 반공·전투문학을 표방하여 창작활동의 방향을 정하였다. 정부를 따라 대만으로 온 기성작가로는 천지잉(陳紀瀅), 시에빙잉(謝冰瑩), 왕핑링(王平陵), 수쉬에린(蘇雪林) 등이 있고, 신진작가로는 무중난(穆中南), 왕란(王藍), 멍야오(孟瑤), 류

---

33) 張道藩, <論當前自由中國文藝發展的方向>, 臺北, <文藝創作>, 1953年第21期.

신황(劉心皇) 등이 활약하였다. 국민당 정부는 반공이라는 입장에서 1930년대 이후의 문학을 좌경화되어 있다는 이유로 금지시켰기 때문에 대만의 문학은 처음부터 다시 출발해야 했다.

1950년대 대만의 소설은 정치적·사회적 환경에 의해 '공산당의 잔악함'을 폭로하거나, 과거 항일전쟁의 용감함을 묘사하여 민족의 강임함과 우월성을 강조하거나, 대륙을 향한 향수를 그리면서 반공대륙(反攻大陸, 대륙을 반격한다는 것)의 열의를 나타내거나, 정부의 정책을 찬양하는 작품이 주류를 이루었다.

전후 대만 항일전쟁 소재 소설을 쓰는 작가는 두 가지로 분류할 수 있다. 하나는 일본식 교육을 받고 성장한 본토 작가이며 하나는 전후에 대륙에서 대만으로 이주한 작가들이다.

본토작가 중에 일본의 강제용병으로 인해 지원군 체험을 가지는 작가들이 있다. 그들이 용병당할 때 대부분 십대나 이십대 초의 나이로 일본식 교육을 받아 성장했기 때문에 일본에 대한 감정은 복잡했다. 이들 작가가 쓴 전쟁소설에 대부분 일본에 대한 증오심이나 민족적 분오보다 전쟁 속에서 일본인이든 대만인이든 공동으로 겪는 전쟁 자체가 인간에게 갖다 주는 공포와 고통, 인간성의 발견이다. 전쟁문학과 반공문학을 연결시키는 것은 주로 대륙에서 대만으로 이주한 사람들로부터 창작됐다. 그 이유는 국민당은 군대를 재정비해서 대륙을 다시 공격할 준비를 하기 위해 대만 본토 원주민보다 국민군에 대한 정신적 지배에만 중점을 뒀기 때문이다. 대만 본토작가들에게 크게 신경 쓰지 않았다고 볼 수 있다.

반공문학 중에 가장 리얼해서 주목받은 것은 쟝궤(姜貴)의 「회오리바람(旋風)」이었다. 쟝궤의 본명은 왕린두(王林度)로 1908년 산동 주청에서 태어나 1980년 대만에서 사망했다. 그는 쇠락한 대지주 가정에서 태어나 지난(濟南)과 칭다오(靑島)에서 중학교육을 받고 북벌에 참가했으며 항일 기에 군대에 근무했다.

「회오리바람」은 30년대의 리얼리즘을 계승해 공산당이 산동(山東)의 농촌에서 성장하는 역사를 묘사, 5·4운동과 항일, 태평양전쟁을 거치는 대략 20년간의 역사를 묘사하고 있다. 쟝궤가 소설에서 묘사한 중국 초기의 지도자는 대부분 지방호족이었다. 「회오리바람」에서 나오는 팡샹챤(方祥千)은 팡이(方邑)의 대지주 가정에서 태어났다. 그는 소비에트 사회는 '완벽한 사회'이므로 부패된 중국이 현대화하는 과정에서 반드시 국민당의 통치를 전복시키고 공산사회를 건설해야 한다고 믿었다. 이는 중국뿐만 아니라 당시 전 세계에서 소위 '전진'하는 지식인이 공유했던 이상주의였다. 「회오리바람」은 중국 공산주의의 비판에 그치지 않고 동시에 전 세계 반공사상가들의 공동이상을 대표하기도 했다. 그리고 공산당의 성장과 멸망의 과정을 치밀하게 묘사한 것에 그치지 않고 전통봉건제도의 부패와 타락을 묘사하는 데 힘을 기울였다. 만약 이 사회제도가 썩어 문드러진 온상이었다면 공산주의는 자연히 어쩔 도리 없이 싹도 트지 못했을 것이다. 그러나 쟝궤의 반공이념의 기초는 아주 빈약한 나머지 그의 소설은 농후한 전통백화소설의 권

선징악(勸善懲惡) 사상을 유지했을 뿐 아니라 '재자가인(才子佳人)' 소설의 느낌도 상당히 있다. 소설에서 팡톈마오(方天茂)가 말한 부분을 보면 "일종의 영원히 실현할 수 없는 이상을 위해 고생하는 것은 사실 의미가 없다." 훗날 역사적 사실이 증명하는 것은 완전히 틀린 것이다.[34]

장궤 자신이 철저한 반공주의자라서 반공소설을 썼다 하면 그와 달리 여성 작가 판런무(潘人木)는 돈을 벌기 위해 반공소설을 쓴 경우이다. 판런무 스스로가 상금을 받기 위해서 반공소설을 썼다고 고백한 적이 있다. 「꿈같은 인생」으로 대만 당국의 중화문예상 대상을 받았을 때 3천원의 상금을 받았다. 당시의 3천원은 생활에 큰 도움이 되었다. 그는 정부에서 반공소설을 원했기 때문에 반공소설을 쓸 수밖에 없었고 소설 창작은 시대를 반영할 수밖에 없으니 반공소설을 쓸 수밖에 없었다고 했다.[35]

사람들은 내가 쓴 소설을 정치소설로 분류하곤 하는데, 내가 쓴 것은 시대소설이에요. 당시 시대 상황이 그랬으니까 그렇게 반영한 것뿐이에요. 중국이 해방됐을 때, 평소에 부딪치는 사람들이라고는 공산당 당원밖에 없었지요. 공산당에 관한 것을 썼다고 해서 나를 반공주의자로 몬다면 나야 당연히 그때는 반공주의자였지요.[36]

---

34) 예스타오 저, 김상호 역, 「대만문학사」, 바움커뮤지케이션, 2013, 183~194면 참조.

35) 曾鈴月, 「女性、鄕土與國族－－戰後初期大陸來台三位女作家小說作品之女性書寫及其社會意義初探」, 靜宜大學中國文學系碩士論文, 2001, 부록 p.87.

사실 그때 모든 사람들이 반공문학을 썼어요. 나는 그렇게 강
하게 반공이념을 드러내지는 않았거든요. 구호같은 것은 거의
안 썼고요. 나는 그냥 사실대로 쓴 것뿐이었어요. 정치이념을 조
금도 강조하지 않았어요.37)

『사촌동생 리엔이(漣漪表妹)』는 판런무의 대표작이자 최초의 장
편소설이다. 이 소설이 4대 항쟁소설로 불리는 소설 중의 하나이
며 반공소설의 대표작으로 평가되지만 판런무는 반공의 정치적인
의식을 가지고 이 소설을 쓴 것이 아니라고 한다.

나는 아주 간단한 이유로 『사촌동생 리엔이』를 쓰게 되었다.
첫째 이유는 내가 중일전쟁 발발 이전의 대학생활을 가슴속에
깊이 간직하고 있었기 때문이다. 대학생들의 아름다운 청춘, 그
들의 가슴 깊이 끓는 이상, 나라를 위해 일하려는 갈망, 그들이
나를 감동시켰고 감염시켰다. 그들의 뜨거운 열정을 잊을까봐
이렇게 소설로 써놓으려고 했던 것이었다.(생략)38)

36) "有人把我的小說歸類爲政治小說, 我這是時代小說, 因爲那時候是那個樣子, 你就
   寫那個時代。解放時候, 我接觸的就是那些共産黨的人, 你寫共産黨就認爲你是反共,
   我那時候當然反共啊!" 陳良眞, 「潘人木小說研究」, 屛東師範學院語文敎育學系碩士
   論文, 2004, p.253.
37) "其實那時候所有的人寫的都是關於反共的, 我還不是那麼濃厚, 很少有口號, 我只是
   寫實而已, 並沒有强調政治理念, 都沒有。" 曾鈴月, 위의 글, 2001, 부록 p.87.
38) "我寫≪漣漪表妹≫的動機可說是十分簡單: 一、抗戰前夕那一段學生生活, 深烙我
   心。那些可愛的年輕的生命, 滿懷沸騰的理想, 若飢若渴的尋求報國的途徑, 他們感
   動過我, 也感染過我, 不寫下來, 怕是日久忘記了那份情懷。(省略)" 潘人木, ≪我控
   訴≫, ≪漣漪表妹≫, 爾雅出版社, 2001, p.6

『사촌동생 리엔이』 발표 후 1979년부터 대륙과 대만 간에 서신 왕래가 시작됐다. 판런무는 그제야 중국에 있는 가족들의 소식을 듣게 됐다. 판런무의 아버지와 오빠는 동생이 중국 해방 이후 "월대(越臺, 대만으로 넘어갔다는 뜻)"했다는 이유로 공산당에 의해 우파분자로 찍혀 고문을 받았고 결국 죽임을 당했다. 어머니도 얼마 안 되어 세상을 떠났다. 올케는 우파분자와 가족관계가 있는 자라고 해서 일자리도 찾지 못하고 음식 배급도 받지 못하고 지내다가 여섯 명의 아이를 버려둔 채 자살하였다. 판런무는 가족들의 비참한 소식을 듣고 분개하지 않을 수 없었으며 억울함을 호소하고자 하는 의도에서『사촌동생 리엔이』를 다시 출판하기로 했다.

최고의 미인은 아니지만 리엔이는 어디에 가서나 사람들의 눈길을 끌었다. 그녀는 무엇이든 남보다 더 좋은 것을 가지려고 하고 무엇이든 일등을 하고 싶어 한다. 예쁘고 자존심이 강한 리엔이는 사촌 언니와 같이 대학에 들어가게 되며 그때부터 선지루를 이기려고 애를 쓴다. 신입생 환영회에서 모금 운동을 펼쳤는데 리엔이는 사람들에게 자신의 존재를 알리려고 또한 대회에서 선지루를 이기려고 자신의 약혼 금팔찌를 기부한다. 리엔이가 예상했던 대로 그녀는 학생들의 여왕이 된다. 그리고 모든 학생 단체의 리더로 뽑힌다.

리엔이는 가장 아름답고 자유로운 영혼을 가진 여학생이 되고 싶었고 그래서 어렸을 때부터 부모님이 맺어준 어떤 남자와의 혼인 약속을 반대하기 시작한다. 그리고 리엔이는 학교에서 무엇이든 나서려고 한다. 연극의 주인공 역할도 맡고, 학생운동도 적극 참여했다. 결국은 맹목적으로 학생운동에 참여했다가 퇴학을 당하게 된다. 공산당 당원인 홍뤄위가 마침 이 때를 틈타 수를 써서 리엔이를 미혼모로 만든다. 리엔이는 가족들에게 임신한 것이 들키기 전에 집을 멀리 떠나버렸고 공산당의 중심지인 산베이(陝北)로 간다. 그녀는 애를 낳자마자 애를 입양시키고 공산당을 위해서 일을 하게 된다. 그러다가 선지루의 귀국을 축하하는 파티에서 연극을 하라는 명령을 거부하여 리엔이는 감옥에 갇히게 된다.

산베이로 온 지 13년이 지난 어느 날 리엔이는 신문에서 자기의 아들이 어머니를 찾고 있다는 광고를 보고 급히 베이핑(北平)으로 떠난다. 베이핑으로 가보니 신문은 아들이 낸 것이 아니라 홍획위가 낸 것이었다. 홍뤄위가 리엔이의 아들을 입양한 것이었다. 리엔이는 아들을 만나기 위해 또한 아들이 키우기 위해 홍뤄위의 첩이 되기로 한다. 하루는 리엔이와 홍뤄위가 학생운동 기념대회에 나갔는데, 갑자기 사회자가 13년 전에 반동파대회에서 어떤 여학생이 음모를 꾸미고 금팔찌를 기부하였다면서 리엔이를 반동분자로 몬다. 바로 이때 리엔이의 고모부가 나타나 그녀를 살려주었으며 그녀는 홍뤄위의 의사친구인 진펑(金鵬)을 따라 홍콩으로 떠난다.

홍뤄위의 조카인 홍료우(洪流)도 눈병을 고치려고 리엔이와 진펑을 따라 홍콩으로 가기로 한다. 홍콩으로 가는 길에서 리엔이가 아버지한테서 물려받은 칼을 홍료우가 갖고 있는 것을 보고 그 애가 바로 자신의 아들이라는 것을 알게 된다. 홍료우는 자신의 어머니를 원망한 나머지 분노 끝에 그만 칼로 리엔이를 찔렀고 자신은 중국으로 돌아간다. 장님 훙료우는 국경지대에서 공산당 당원에 의해 총살을 당한다. 리엔이는 홍콩으로 도망간 후에 훙뤄위한 테서 성병을 옮았다는 사실을 알게 된다.

이 소설에서 공산주의 사상은 남성성과 결합된다. 좌익 이데올로기를 교활·음란·흉악·냉정 등 부정적인 이미지를 갖는 남성을 통해서 드러낸다. 이데올로기를 남성으로 '의인화'하여 해당 이데올로기의 부정적인 부분을 실감 있게 독자들에게 전달한 것이다. 공산주의자를 잔혹하고 냉정하게 묘사함으로써 반공이데올로기를 드러내는 반공서사 방식은 반공소설에서 흔히 사용되는 수법이다. 그러나 한편으로 판런무의 반공서사는 좌익 이데올로기로부터 피해당하는 민중을 여성으로 표상한다. 여성은 가부장제 사회에서 항상 정치적으로 소외되고 정치권력을 갖지 못하는 약한 존재의 이미지를 갖고 있다. 정치적으로 약한 존재인 여성을 소설의 주인공으로 설정하고 주로 여성의 삶이 어떻게 공산당으로 인하여 파괴되는지를 묘사하며, 여성의 심리변화, 여성의 내면을 다룬다. 판런무는 이처럼 공산주의자(남성)에게 이용당하고 피해당하는 여성을 그려냄으로써 반공 이데올로기를 드러내고 있는 것이다.

나. 회향(懷鄕)소설의 被반공화

대륙에서 대만으로 이주한 챤타이(遷臺)작가들에 의해 고향을 그리워하는 심정을 토로하는 회향문학(고향을 가슴에 품는 것을 묘사하는 문학)이 1950~1970년대의 대만 문단에 새로운 생명력을 띠게 해줬다. 그들의 회향문학은 주로 이산과 상봉, 인간성의 탐구, 전쟁 중의 사랑 등 모티프로 나눠볼 수 있다.

중국은 땅이 넓어서 동서남북의 풍토가 다르고 생활방식과 사람들의 성격의 차이도 매우 크다. 아열대의 뜨거운 대만에 비해 대륙은 완전히 북쪽이어서 북쪽에서 온 사람이 고향에 관한 여러 가지 이야기를 쓰면 그것들은 대만 문단에 있어서 전설적 소설 유형으로 분류된다. 그들의 이야기 속에 대만 사람들에게 낯선 산적(山賊)과 유격대가 나오며 대만의 현실과 전혀 다른 특별한 세계가 펼친다.

향수소설로 유명한 작가는 여성작가인 린하이인(林海音,)을 들 수 있다. 그녀는 대만 여성문학의 개척자이자 모더니즘의 대표라 할 수 있다. 본명은 린한잉(林含英)이며 본적은 대만이지만 아버지가 일본에서 장사하기 때문에 일본에서 태어났다. 출생한 후 바로 대만에 돌아갔지만 대만은 이미 일본의 식민지로 전락된 상태였다. 아버지는 일본식민통치를 피하기 위해 가족을 데리고 북경에 가서 살게 되었다. 린하이인의 어린 시절은 베이징에서 보냈다. 베이징에서 학교를 다니고, 졸업 후 「세계일보」 기자로 일을 하게 되며 직장 동료와 결혼하게 됐다. 1948년 8월 남편과 3명의 아이와 함께 고향인 대만으로 돌아가서 「국어일보」 편집장으로 취직했다. 1953년부터 문학창작 활동을 시작했으며 1967년 「순문학잡지(純文

學雜志)』를 창간했다. 그녀의 대표작『성남의 옛날이야기(城南舊事)』
는 대만뿐만 아니라 대륙에서도 많은 독자를 확보하고 있다.

  1960년에 발표된『성남의 옛날이야기』는 7살부터 13살까지의
유년 체험을 바탕으로 린하이인 기억 속의 북경을 그린 작품으로
써 그녀의 자서전 성격의 장편소설이다. 1920년대 북경 특유의 주
택형태인 사합원(四合院)에서 어린 주인공 영자가 가족들과 같이
살고 있었다. 어린 영자는 부모를 따라 대만에서 바다를 건너 북
경이라는 곳에 와서 도시 남쪽 어느 골목에 들어가서 살게 됐다.
고도 북경의 오래된 성곽, 석양 속에서 낙타 목에 달린 방울이 울
려 퍼진 소리, 혼잡하고 시끄러운 시장과 조용한 골목 등 북경 성
남 곳곳의 풍경은 어린 영자에게 모두 흥미로워 보였다. 이러한
풍경 속에서 다양한 인물들이 인간만사를 연출하고 있다. 회관 앞
에서 서성거리며 미치광이질을 벌이는 이상한 여자, 온몸에 자꾸
상처투성이인 친구 뉴얼, 풀더미 속에 숨어있는 도둑놈, 밤낮 내내
자기를 돌봐주는 유모 송아주머니, 질환을 앓다가 결국 돌아가긴
영자가 사랑하는 아버지…… 이들은 모두 영자와 같이 놀고, 웃고,
이야기하고, 같이 살았지만 하나둘씩 그녀의 곁을 떠나 버렸다. 인
생이 왜 그렇게 고달프고 쓸쓸한가? 어린 영자는 답을 찾을 수 없
다. 단지 기억 속의 두 번째 고향 북경에 살았던 골목, 그 골목에
서 같이 놀았던 친구, 익숙했던 얼굴들을 회상하며 그리워한다.

  이 작품에서 전쟁의 잔혹함을 비판하거나 삶의 고통을 호소하
거나 사회의 어두움을 폭로하는 등의 무거움 하나 없이 그저 어린

아이의 눈에서 보이는 소박하고 진지한 세상사를 그대로 보여주고 있다. 대만과 북경이 모두 고향인 린하이인에게는 고향의 존재가 특별하다. 본적인 대만이 당연히 고향이어야 하지만 일본의 침략으로 돌아갈 수 없는 고향이 되어버렸고, 두 번째 고향이 되는 북경에는 많은 유년 시절의 추억이 남아 있지만 분단으로 인해 또 하나의 돌아갈 수 없는 고향이 되고 말았다. 양니안츠(楊念慈)는 산동성 지난시에서 태어나 1949년 대만에 건너왔다. 약 20편의 소설을 발표했다. 『폐 정원의 옛이야기(廢園舊事)』 및 『검은 소와 흰 뱀(黑牛與白蛇)』이 가장 유명한 소설로써 1960년대 베스트셀러였으며 영화와 드라마로 제작되기도 했다. 그 외에 『풍설도화도(風雪桃花渡)』, 『죄인(罪人)』, 『소년십오이십시(少年十五二十時)』 등은 모두 대륙의 고향에서 있었던 이야기를 형상화한 작품이다.

『폐 정원의 옛이야기(廢園舊事)』는 양니안츠의 대표작이다. 이야기의 시간과 장소는 1945년 초 여전히 일본군이 점령하고 있는 산동성 서부 지역이다. 그래서 이 소설이 항일소설로 인식받기도 했다. 또한 소설 속 인물 차이버즈(蔡跛子)가 팔로군에 들어가게 되고, 레씨(雷家)의 유격대가 국민당중앙군에 흡수되었기 때문에 이 소설이 반공소설이라는 평을 받기도 했다. 사촌현제자매들이 어릴 때 성장하면서 일어났던 사건들로 서로 마음속에 불만을 품게 되었다. 사촌형 롱(龍)의 죽음에 대해 롱의 처 윈은 남편의 숙부가 남편을 죽였다고 의심한다. 이야기는 여기서 전개된다. 작가는 레씨네 화원에서 일어난 이야기를 통해 산동성 서쪽 지방의 풍토와 인간사를 재현했다. 이야기는 많은 소설에서 등장하는 대가족 내부의 갈등이다. 항일전쟁 말기 일본군 점령 지역을 배경으로 설정하고 있고, 또한 국민당과 공산당 간의 쟁투와도 관련을 맺었지만 그것은 당시 중국 산동성 서쪽에서 전쟁으로 인해 자주 발생하는 인간관계사로 인식되어야 한다. 잔혹한 전쟁 때문에 인간관계는 비상적인 상황이어야 할 것들은 일상사가 되어 버린 것이다. 작가가 표현하고자 하는 것은 이러한 비상한 시대 상황에서도 고향 사람들이 인의(仁義)를 저버리지 않으려고 열심히 살아가는 모습이다.

레씨네 화원은 이야기 전개의 중요한 장소이므로 작가는 화원에 대해 아낌없이 묘사했다. 일본군이 점령하기 전에 아름다웠던 화원이 전쟁으로 인해 폐허가 됐다. 어린 시절 사촌 형제자매들이 뛰어놀던 곳이며 어른이 된 후 원한을 품고 싸우기도 했던 곳이다.

> 레씨네 화원은 4개의 구역으로 나눌 수 있다. 좌후방의 큰 구역에 온갖 목란이 심어져 있다. 그래서 모단원이라 한다. 우후방에는 작약이 심어져서 작약원이라 한다. …… 고향에서 목본의 모단과 초본의 작약은 원래 농작물처럼 심는다. …… 고향에 물과 토양이 적당한 곳에는 이 두 가지 꽃은 여기저기 퍼져있다. …… 해마다 4, 5월되면 대 평원에 꽃의 바다가 된다.…… 고향의 장미는 장미를 흉내는 월월홍과 완전 다르다. 고향의 장미는 화분이나 꽃병에 심어져도 키가 쑥쑥 크고 꽃이 화려하고 가시가 날카롭다. 어떤 집에서는 장미를 심어 담을 만들고 활짝 핀 꽃을 꺾어 장미쨈을 만든다.[39]

작가는 이 화원을 형상화하기 위해 많은 글을 쏟아 부었다. 그 것은 작가가 하나의 화원에 대한 정을 쏟아 부은 것이 아니라 고 향의 모든 것에 대한 그리움의 표현이다.

2000년에 『폐 정원의 옛이야기(廢園舊事)』와 『검은 소와 흰 뱀(黑 牛與白蛇)』이 재출판될 때 양니안츠는 서문에 이 소설들을 쓴 심정 을 아래와 같이 밝혔다.

<폐허가 된 정원의 옛이야기(廢園舊事)>는 줄곧 '항전소설' 혹 은 '반공소설'로 분류되었는데 실은 내가 이 책을 쓰는 심정은 <검은 소와 흰 뱀(黑牛與白蛇)>을 쓰는 것과 똑같다. 두 책은 모 두 개인 감정을 표현하는 고향에 대한 그리움과 옛이야기에 대 한 추억이다. …… 이미 60년의 시간이 지났고, 공간적으로 수 천 리의 거리를 두고 있으니 사람들의 생각, 관념, 옷차림, 얼굴꾸미 는 것 ……곳곳에 많은 변화가 생겼을 것이다. …… 젊은 독자들 에게 나는 다른 제시를 하고 싶다. 책 속의 이야기는 진위를 가 리기 힘든 것이니 믿건 말건 다 괜찮다. 믿는다면 그것이 '역사' 라고 인정해 주고, 안 믿는다면 그냥 '전설'이라고 생각해도 좋 다. 실은 수십 년 후 그때 당시를 되새겨 보면 거의 모든 일과 모 든 사람들이 다소의 '전설'적인 의미를 지니고 있다.40)

___

39) "雷家花圃可以分成四個區域, 左後方的一大片園地, 完全種著牡丹, 就叫作牡丹園, 右後方種著芍藥, 就叫作芍藥圃……在故鄉, 著木本的牡丹和草本的芍藥本來就是當 作莊家一樣種的……故鄉有些水土適宜的地區, 這兩種花卉携乎到處都是, 一大片, 一大片, 每年四五月間, 大平原上成了一片花海,……故鄉的玫瑰, 與冒充玫瑰的月月 紅大不相同, 它不止於盆栽瓶供, 也照樣長的又高又大, 花艷刺銳, 有些人家就種玫 瑰當圍牆, 把盛開的玫瑰花剪下來, 製成玫瑰醬。"≪廢園舊事≫, 文壇社, 台北, 1962. p.106.

양니안츠는 이렇게 그의 심정을 토로하고 있다. 낯선 타향에 발을 딛고 정착할 때 고향에 대한 그리움을 회상하면서 진실한 마음을 표출하고 있다. 세월이 가면서 낯선 타향에 대해 점점 익숙해지는데 고향도 점점 변해가고 있다. 작가의 고향에 대한 그리움은 하나도 변하지 않고 그대로이지만 이제 그의 마음을 이해해 줄 사람은 찾기 힘들어졌다. 고향을 그립지만 어쩔 수 없어서 아쉬움만 남는 그러한 심정이 잘 들어나고 있다.

작가 장아이링(張愛玲)은 전설적인 여성작가이다. 사실 장아이링은 대만에서 살아보지도 않았기에 대만문학의 범위에 귀속시켜도 되는지 여부는 의견이 분분하다. 하지만 그녀의 「반생연(半生緣)」이 1999년 '대만문학경전'에 선출된 바 있다. 그녀는 대만문학에 막대한 영향을 끼쳤으며 대만에 수많은 독자를 두고 있다. 그녀를 대만문학에 귀속시키는 의견의 주장은 대만에서 그녀의 작품에서 반공의식을 표출하고 있다고 판단하기 때문일 것이다. 그러나 대륙에서 그녀 문학에 대한 평가는 정반대로 되어 있다.

대만에서 장아이링을 반공작가로 인식하게 하는 대표 작품은 「앙가(秧歌)」(1954)와 「붉은 대지의 사랑(赤地之戀)」이다. 중공군이 상해를 함락시킨 후 그녀는 한동안 중공 통치하의 상해에서 머물며 '토지개협'이 농촌 강남에서 추진되는 상황을 목격하였다. 1954년에 홍콩에서 발표된 「앙아」에서 그녀는 '토지개혁' 후 강남 농촌의 '모범 노동자' 탄진근(譚金根) 일가를 위주로 개성과 배경이 각

---

40) 楊念慈, ≪廢園舊事≫, 台北, 麥田出版社. 2000, p.8.

기 다른 농민대중을 그려내고 있다. 공산당 통치 하의 농촌에 농민과 공산당 간의 갈등을 묘사하고 있다. 농민들은 마을 공산당 간부와 군인들로부터 착취당하며 어렵게 살아가는 모습을 담았다. 토지개혁이 끝난 후 농민 진근과 위에샹(月香) 부부가 주인공으로 등장한다. 진근은 선량하고 말이 없는 편이며 위에샹은 똑똑하고 일을 잘 처리한다. 기아 속에서 그들 부부는 다른 사람들과 똑같이 여러 가지 세금에 시달리면서 여러 명목의 정치활동에 참여할 것을 강요당하고 있다. 주변 여러 마을에 있는 군인 가족들에게 새해 인사를 하기 위해 농회에서 한 가구에게 돼지 반 마리와 떡 사십 근을 상납할 것을 요구한다. 진근이 상납한 물건을 보고 왕 동지는 무게가 부족하다고 하니 진근은 큰 소리로 반발한다. 그 이유로 진근은 혁명반역자의 누명을 쓰게 됐다. 그의 딸 아자오는 혼란 속에서 사람들에게 밟혀 죽게 됐다. 위에샹은 다친 진근을 부추겨 산 속으로 도망쳐 숨었다. 진근은 자신 때문에 아내도 화를 당할까 두려워서 강물 속으로 투신자살했다. 울분한 위에샹은 마을의 창고에 불을 질렀는데 민병에 의해 불 속으로 쫓겨서 죽음을 맞게 된다. 봄이 왔다. 마을에는 여전히 기아가 지속되고 있다.

장아이링의 눈에 비친 농촌은 기아와 빈곤과 공포의 세계였다. 장아이링의 「앙가」는 농민 생활의 일상성을 중심으로 여류작가가 특유의 섬세한 관찰로 농민의 자질구레한 생활의 사소함까지 묘사하고 있다.

이 작품이 분명 공산통치하의 고통 받고 살아가는 농촌현실을 쓰고 있다. 그런 의미에서 국민당 당국이 당연히 좋아해 속히 발표할 것 같지만 상황은 달랐다. 국민당 고층에서 '소설 속에 공산토적을 위한 선전이 많다'는 이유로 대만에서의 발표를 거부한 것이다. 여기서 말한 '공산토적'을 위한 선전은 다음과 같다.

> "아, 이제 좋아졌어. 우리 가난한 사람들은 달라졌어. 지금은 예전과 완전 달라. 마오 주석이 아니면 우리에게 어찌 오늘 같은 날이 올 수 있겠나. 인민해방군이 없으면 너 어디서 토지가 생길 수 있냐? 예전의 군대는 백성들을 해치우는 짓만 골라서 했는데 지금은 달라졌어. 지금의 군대는 인민의 군대야, 군인과 인민은 한 가족이란 말이야."
>
> ─『앙가』 제2장에서

> 페동지는 신부가 노래를 부를 것을 제의한다. 금화는 벽을 보고 <팔로군진행곡>을 불렀다. "하나 더 해, 하나 더 해!" 페동지는 박수 치며 소리쳤다. 다들 그를 따라 했다. 한창 졸라대니 신부는 굴복했다. 이번에 신부는 동학반에서 새로 배운 노래를 불렀다. '하이라라라, 하이라라라, 하늘에 노을이 올라와, 땅에는 붉은 꽃이 핀다…'
>
> ─『앙가』 제2장에서

인용문만 보면 확실히 공산당을 찬양하는 내용임이 틀림없다. 그러나 주인공이 겪은 비참한 결말을 보면 공산당을 비판하는 것임이 틀림없다. 그래서 이 소설을 둘러싼 대륙과 대만의 논쟁이 벌어졌으며 이 소설은 결국 대륙에서든 대만에서든 비판의 대상이 되었으며 모두 금기의 책이 되고 말았다. 장아이링은 훗날 이렇게 감탄스럽게 말했다. "정치는 모든 것을 결정한다. 너 자신이 정치에 관심이 없어도 정치는 너를 찾아간다." 장아이링 본인이 아무 정치적 입장 없이 소설을 썼지만 보는 사람의 정치적 입장과 필요에 따라 정반대로 해석될 수 있다. 그녀는 이렇게 양안에서 모두 매장을 당해 홍콩과 미국에서 터를 잡고 살았다. 물론 지금은 그녀의 작품은 재해석이 되어 훌륭한 작가로 인정받고 있다.

제6장

동아시아
소설의
분단극복 모색

동아시아 소설의 분단극복 모색

1. 한국의 경우

1970년대 접어들면서 분단 현실에 대한 인식은 보다 적극적인 양상을 보인다. 1970년대에는 동서 진영의 긴장이 완화되고, 국내적으로 1972년 '7·4남북공동성명'이 발표됨에 따라 남북한 간의 화해 분위기가 이루어진다. 따라서 반공 이데올로기를 국시로 하여 좌파 이념을 일방적으로 매도하던 이전 상황과는 달리 비교적 객관적으로 접근하려는 지적 논의들이 허용되어 분단 인식을 새롭게 조명할 기회를 얻게 된다. 즉 은폐되고 주변화되었던 좌익 아버지나 여성의 수난 혹은 빨치산, 4·3사건, 여순사건 등을 주요 소재로 다루기 시작한 것이다. 이 시기의 작가들도 1940년대에 출생하여 1970년대에 활발한 작품 활동을 해온 이들로 자신의 유년기 전쟁체험을 형상화한 소설들을 많이 창작하였다.[1]

1980년대 이후 분단 소설들은 전쟁 미체험세대라 할 수 있는 작가들에 의한 작품들이 등장한다. 1980년대 분단소설이 거둔 성과로는 '이데올로기적 편견 때문에 왜곡되어 왔던 역사적 사실들을 그대로 밝히려는 노력'[2]해 왔다는 점이다. 사실 1980년대 이전까지 분단소설은 주로 '6·25전쟁'을 중심으로 접근되었다. 즉 일제 강점기부터 해방을 거쳐 분단 상황으로 이어지는 역사적 흐름과 분단의 원인에 대한 심도 있는 탐구가 제대로 이루어지지 못하였다[3]는 점이다. 그러나 1980년대에 들어 분단소설은 이데올로기의 허구성에 대한 폭로와 분단 원인을 역사적으로 해석하려는 노력이 시도되었다. 이 시기의 분단소설의 특징과 성과를 몇 가지로 요약할 수 있다.

첫째, 일제강점기와 해방기부터 6·25전쟁에 이르는 시기를 형상화하여, 분단의 원인과 과정을 탐색한 작품, 둘째, 빨치산에 대한 새로운 인식을 시도한 작품, 셋째, 이전 세대의 이데올로기적 대립이 현재 자신의 삶에 어떠한 연결성을 갖는지를 보여주는 작품들이다. 이 시기의 작품들이 제시한 분단 극복 방안은 분단의 현재 상황을 반성하는 데서 시작한다. 이러한 반성적 자각은 해방

---

1) 대표작으로 김원일의 「어둠의 혼」, 노을 은 주인공인 '빨갱이' 아버지를 수용하여 화해하는 과정을 보여주고 있으며, 현기영의 「순이 삼촌」, 「해룡 이야기」는 지배 권력에 의해 억압받았던 수난사를 재현하였다. 또한 오정희의 「중국인 거리」, 「유년의 뜰」, 안정효의 「은마는 오지 않는다」, 전상국의 「아베의 가족」 등은 여성의 수난을 형상화하여 분단의 비극을 구체화시키고 있다.
2) 이동하, 「해방직후의 시대에 대한 문학적 탐구」, 『한국논단』, 1990년 5월호, 99면.
3) 박진우, 「1980년대 분단소설 연구」, 중앙대 석사학위논문, 2002, 19면.

기부터 현재까지 '지배 권력으로 자리 잡은 반공 이데올로기의 한계'[4]를 절감하는 데에서 기인한다. 따라서 이들 세대의 작품은 이데올로기 자체의 허구성과 분단의 현재성을 반성하여 분단 상황을 극복하고자 하는 노력을 보이고 있다.

1980년대까지는 분단 현실에 대한 서사적 탐구는 한국 현대소설의 주요한 몫이었다. 하지만 이어지는 1990년대 들어서면, 한국 소설에서 분단 상황에 따른 문제 또는 분단 극복의 가능성을 다룬 작품들이 많지 않을 뿐 아니라 이에 대한 논의도 잠잠해졌다. 이러한 이유는 사회주의의 붕괴라는 세계사적 변화, 민주화를 이룩한 국내 상황의 변화, 북한의 경제적 상황에 대한 정보 유입 등의 상황 변화가 중요한 원인으로 지목될 수 있다.[5] 그러나 냉전 이데올로기의 한 축이 붕괴하였고 우리의 국내 상황이 발전적으로 변화하였을 뿐이지 우리가 처한 분단 상황은 그다지 좋아지지 않았다.[6] 우리는 여전히 분단 시대에 살고 있으며, 따라서 분단소설에 대한 중요성은 조금도 변화하지 않았다.

---

4) 신덕룡, 「폭력의 시대와 80년대 소설」, 한국현대문학사, 현대문학, 1994, 515면.
5) 1990년대 이후 작가들에게 분단 현실이 주목 받지 못한 이유로 고인환은 문단의 개별화된 담론 성장을 제시했다. 다원성, 개성을 전면에 내세운 개별화된 담론의 급성장은 우리 현실의 사회, 역사적 문제보다는 개인의 억눌린 무의식적 욕망을 표출하는 데 주력하게 했기 때문이라는 것이다. 그래서 우리의 현실을 규정하는 근원적 모순이라 할 수 있는 분단 상황에 대한 천착은 지나간 시대의 유물인 양 소홀히 취급되었다고 분석한다. (고인환, 「'함께 있어도 외로움에 떠는' 그들」, 『공감과 곤혹 사이』, 실천문학사, 2007, 76면.)
6) 연평도 사건이나 북핵 문제 등으로 한반도가 아직도 분단이라는 불안정한 상황을 유지하고 있음을 확인할 수 있다.

1990년대 분단소설의 양상은 과거보다는 활발하게 이루어지고 있지는 않지만 여전히 한국문학에서 문제작으로 인정받고 있다. 1990년대 분단소설의 특징은 1980년대의 성과를 이어 받아 좀 더 세분화하는 시도를 보이고 있다. 이는 과거 이데올로기에 대한 우리 사회 내의 갈등을 현재의 구체적 사건으로 끌고 들어와서 해석하거나 객관적으로 제시하려는 노력으로 나타난 것이다.7)

가. 가족복원과 화해

분단소설에서 부재하는 아버지는 대개 좌익에 가담한 인물로 설정되어 있다.8) 이들은 자신의 이념에 집중한 나머지 아버지로서의 역할에 충실하지 못하고 오히려 가족들에게 수난의 삶을 살게 하는 인물들이다. 특히 아버지의 부재는 앞서 살펴보았듯이 가족

---

7) 대표작으로는 남북 교류의 시대에 이산가족의 문제를 다룬 작품들로 김하기의 「해미」, 최윤의 「아버지 감시」, 이문열의 「아우와의 만남」 등이 있다. 또한 비전향 장기수의 문제를 다룬 작품들로 유시춘의 「안개 너머 청진항」, 권운상의 녹슬은 해방구, 김하기의 「완전한 만남」 등의 작품들이 여기에 해당한다. 이전 분단소설과 달리 이들 작품들이 갖는 특징은 민족의 구성원들을 이분법적으로 구분하여 적대시하지 않고 민족적 화해와 동질성 회복에 집중하고 있다는 점이다.

8) 한 개인의 삶을 지배하는 이데올로기는, 특수한 경우를 제외하고는, 동시대인 일반의 삶과 밀접하게 관련되어 있다. 문학이 어떤 인물의 이데올로기를 심각하게 다루는 것은 이를 통해 동시대의 일반의 삶을 꿰뚫고 있는 이데올로기와 그것을 형성한 토대의 성격을 드러낼 수 있기 때문이다. 개별자를 통해 그 속에 담긴 일반성을 부각시킬 수 있는 것인데, 이렇게 본다면 아버지의 부재라는 형식이 한 가정의 울을 넘어 사회·역사적 일반성의 차원, 곧 공적 차원에까지 나아가는 폭넓은 의미장을 품고 있는 것임을 알 수 있다. (김윤식·정호웅, 『한국소설사』, 문학동네, 2000, 480~481면.)

이 붕괴되는 시작점에 놓여 있다. 남겨진 가족들은 빨갱이 자식이라는 죄목을 고스란히 이어받아 고통스럽게 죽거나 억압당하는 삶을 사는 숙명에 처하게 되었다. 살아남은 가족들은 억압의 시간을 숨죽이고 살게 되고, 그 고통의 골이 깊을수록 아버지를 부정하고 원망하게 되는 것이다. 그러나 성인이 된 자식은 귀향하거나 혹은 우연한 사건을 계기로 과거의 비극적 상황에 마주하게 되고, 부정했던 아버지를 재인식함으로써 분단 현실에 대한 각성의 계기를 마련하게 된다. 이러한 과정은 개인의 가족사적 비극이 민족사적 비극 인식으로 확대되었다는 것을 의미한다. 대표적인 작품으로는 김원일의 「어둠의 혼」,『노을』, 임철우의 「아버지의 땅」, 「물그림자」, 이창동의 「친기」, 「용천뱅이」 등이 있다.

김원일의 『노을』(1977. 9~1978. 9)은 주인공인 갑수가 고향을 29년 동안 외면하고 살다가 삼촌의 부고로 귀향하여 다시 서울로 돌아오기까지를 기본 구조로 한다. 갑수가 오랫동안 고향을 외면하고자 했던 이유에는 아버지가 자리한다. 갑수의 아버지 김삼조는 백정으로 경제적 능력이 없고, 방탕하고 난잡한 성품의 인간이었다. 이로 인해 어린 갑수를 포함한 가족들은 혹독한 굶주림에 시달려야 했다. 갑수는 고향을 떠난 이후 고향을 잊고 살려 했지만 폭동의 상처와 굶주림[9]의 기억 때문에 잊지 못할 만큼 강렬한 고

---

9) 고향을 떠나 산 스물아홉 해 동안 나는 하루도 고향을 잊어본 적 없다. 치모 말처럼 고향을 잊으려 노력해온 만큼 이곳은 나로 하여금 더욱 잊지 못하게 하는 어떠한 힘을 지니고 있었다. 그 점을 그 시절 폭동의 상처라 해도 좋고, 굶주림이라 해도 좋다. (김원일, 『노을』, 문학과지성사, 1987, 344면.)

통으로 기억하고 있다. 유년 시절 굶주림의 경험은 아버지의 무책임함에서 비롯되었다. 그는 개삼조로 불리며, 동네 사람들의 비난을 받는 폭력적인 사람이다. 이런 인물이 이념에 몸담게 되고 좌익 투쟁에 몰입하게 된다. 가족의 생계를 저버리고 좌익 투쟁에 몰두하는 아버지의 모습은 어린 갑수에게 아버지를 증오하게 만드는 계기가 된다. 또한 갑수는 자신의 아버지가 좌익에 가담했다는 전력 때문에 지난 29년의 세월을 이데올로기에 대한 심적인 압박감을 느끼며 살아왔다. 이는 폭동을 직접 체험한 이유이기도 하지만, 갑수가 살고 있는 현실은 여전히 반공 이데올로기가 지배원리로 작용하고 있기 때문이기도 하다. 따라서 갑수는 본능적으로 아버지와 고향을 완전히 거부하고 살 수밖에 없었던 것이다. 그러나 삼촌의 죽음을 계기로 어쩔 수 없이 귀향[10]을 결심하게 되고, 잊으려 했던 과거의 상처를 떠올리게 된다. 이렇듯 삼촌의 죽음은 갑수를 자연스럽게 과거로 인도하는 역할을 한다. 그러나 갑수는 삼촌의 장례를 치르자마자 바로 서울로 올라오고자 하는 모습에서 과거와 대면하기를 여전히 거부하고 있음을 알 수 있다.

　과거와의 대면을 지속적으로 거부하는 갑수에게 과거를 재구성

---

10) 유년기 체험세대의 작품에서 '귀향'은 주요한 모티프라고 할 수 있다. 자신의 정체성 확인은 고향이라는 공간을 통해서 이루어지기 때문이다. 작품에서 나타나는 귀향의 형태는 고향의 가치를 새롭게 발견한 자의 귀향이 아니라 그것을 지워버리고자 하는 자의 귀향으로 나타난다. 하지만 이 귀향은 화자가 고통스러운 기억을 가진 고향을 감싸 안으면서 고양된 형식의 귀향을 보여주거나, 과거의 비판과 반성을 통해 정체성을 확보하고자 하는 단계로 나아간다. (박찬효, 「1960~1970년대 소설의 '고향' 이미지 연구」, 이화여대 박사학위논문, 2010, 12~13면.)

하고 화해할 수 있는 틀을 마련해주는 것이 치모이다. 고추대장 이중달의 유복자인 치모는 갑수와 비슷한 과거를 지닌 인물이다. 그러나 갑수와는 다른 현실인식을 보여준다.

　"글쎄예. 남들이 어떻게 보든, 저는 그 당시 동족상잔의 부산물 내지 찌꺼래기가 아니겠습니껴. 그러다 보니 제게도 알량한 국가관이란 게 있다면, 그 비극을 증오하기보다는 사랑하는 마음부터 가지는 게 제가 취할 태도라 여겨지니깐예. 우리 세대는 이데올로기의 차원을 넘어서서 우선 서로가 서로를 증오하지 않는 마음부터 배워야 되겠지예. 이것은 흑이고 저것은 백이다, 이렇게 둘로만 딱 갈라놓는 단세포적인 단견만큼은 지양돼야 할 줄 압니다. 이 점 적십자 정신이래도 좋고 다른 이름으로 불려져도 상관이 없을 겁니다. 만약 선생님이나 저까지도 원수지간의 옛 악몽을 되씹으며 앙숙으로 이빨만 간다면 서로의 이질감은 분명 우리 당대를 넘어서게 되고 통일은 그만큼 더 멀어질 낍니더."[11]

　갑수가 과거를 지속적으로 거부하는 태도를 보이는 반면, 치모는 과거를 이해하고 극복하기 위해서는 분단의 비극을 사랑해야 한다는 긍정적인 태도를 보이고 있다. 물론 갑수의 지적처럼 치모의 발언이 지나치게 이상주의적인 성향이 있기는 하지만 '좌·우익의 이념선택의 당위성만을 제시하기보다는 이해와 사랑'[12]으로

---

11) 김원일, 『노을』, 문학과지성사, 1987, 237~238면.
12) 이대영, 「김원일 장편소설 연구」, 한국언어문학 43, 1999, 9면.

과거의 상처를 대하려는 노력이 있어야, 통일의 가능성도 엿볼 수 있는 것이다. 이러한 치모의 분단인식은 갑수에게 과거의 상처와 현존하는 분단의 상황을 새롭게 인식할 수 있도록 영향력을 미친다. 갑수의 인식 전환은 아버지와의 대면에까지 이르게 한다. 아버지를 외면하고 싶어 하던 갑수는 고향에 와서 미루나무 아래의 피를 흘리는 아버지가 용서를 비는 꿈을 꾸는 것으로 과거와 대면하게 된다. 물론 꿈을 통해서 이루어진 아버지와의 대면이라 직접성이 결여되어 있지만 아버지와의 대면 자체가 이루어졌다는 것에서 화해의 가능성을 엿볼 수 있다.

과거와의 화해와 극복의 가능성은 '노을'에 대한 갑수의 인식이 변화하는 것에서도 나타난다. 귀향 이전의 갑수에게 노을은 핏빛을 연상시키고, 과거 분단의 상처를 떠오르게 하는 것이었다. 하지만 고향을 떠나면서 노을은 '내일 아침을 기다리는 오색찬란한 무지갯빛'으로 변화하면서 분단 극복에 대한 가능성을 엿보게 한다.

하지만 갑수가 과거와 대면하여 화해의 상황을 만들었다고 하더라도 분단인식의 전환이 완전히 이루어졌다고 볼 수는 없다. 갑수는 분단을 숙명적으로 인식하고 이데올로기 현실에서 평생을 묵묵하게 살아왔다는 점에서 일회적인 치모와의 대화를 통한 갑수의 세계관 전환은 갑작스러운 것이 아닐 수 없다. 따라서 갑수의 인식 전환은 특별한 매개를 갖지 못하고 급작스러운 화해를 시도했다는 것은 아쉬운 점으로 지적할 수 있다.

분단소설에서 아버지는 이미 존재하지 않거나, 지난 기억의 흔적 속에서만 존재하는 인물이기 때문에 그리움과 원망의 대상이 된다. 아버지의 부재를 떠맡게 되면서 어머니는 아버지의 역할을 수행하게 되고, 가족이 해체될 위기를 극복하기 위해 '강인한 모습'으로 점차 바뀌어간다.[13] 그리하여 강하고 엄격한 남성적 이미지의 어머니를 표출한다. 이러한 강인한 모성은 분단소설에서 '화해 혹은 화해의 제의를 주관하는 자'[14]로서 등장하게 된다.

나. 분단의 원인 탐구

분단소설이 분단 극복의 가능성을 제시하려면 결국 분단의 원인을 무엇으로 파악하느냐의 문제와 직접적인 연관성을 가진다. 왜냐하면 분단의 원인을 찾아 제거하는 작업이 곧 분단을 극복하는 빠른 방법이 될 수 있기 때문이다. 이러한 작업은 분단을 소재적 차원에서가 아니라 전체적·구조적인 관점으로 확장하여 사고하려는 경향이 있다. 즉 분단의 원인을 탐색한 소설은 개인의 사적 체험에서 벗어나 당대의 총체적 진실을 아우르는 방대한 역사적 재해석을 시도한다는 특징을 가지고 있다. 특히 분단의 원인을 추적하는 소설은 대개 6·25전쟁 전후를 주요 배경으로 삼고 있다. 이는 분단의 원인을 규명하는 데 있어, 6·25전쟁이 중요한 지점을 차지하고 있다는 의미로 해석된다. 실제로 분단이 고착화 과

---

13) 김현숙, 「현대소설에 표현된 '세대갈등' 모티브 연구」, 『상허학보』 2, 상허학회, 2000, 405면 참조.
14) 유임하, 『분단현실과 서사적 상상력』, 태학사, 1998, 251면.

정을 걷게 된 결정적 계기는 6·25전쟁에 있다. 따라서 6·25전쟁에 관한 논의는 분단의 원인을 분석하는 방법으로 이해될 수 있다.

홍성원의 『남과 북』(1970~1975)[15]은 6·25전쟁 발발 직전인 1950년 4월부터 휴전이 성립된 1953년 9월까지 약 3년 반 동안 벌어진 주요 사건들을 중심으로 전개된다. 이 소설에는 30여 명의 인물들이 등장하여, 6·25전쟁이 벌어졌던 시간을 주요 시간 배경으로 삼아 인물들의 다양한 양상들을 사실적으로 보여주고 있다.

『남과 북』은 6·25전쟁을 서사화하면서, '각양각색의 사건과 에피소드, 현상과 인물들을 유기적으로 종합'[16]하여 총체적인 조망을 시도하고 있다. 작품은 전쟁의 폭력성을 생생하게 서사화하여 분단의 모순성을 고발하고 이데올로기의 허무함을 서사화하고 있다. 무엇보다 이 소설이 갖는 중요한 성과는 6·25전쟁의 원인을 탐색하고자 했다는 점이다.[17] 이러한 역할을 수행하는 인물은 설

---

15) 홍성원의 『남과 북』은 월간 『세대』지에 육이오라는 가제로 1970년 9월부터 1975년 10월호까지 5년 2개월간 연재된 소설이다. 이 소설은 세 번에 걸쳐 개정되었다. 이러한 개작이 이루어진 원인은 정치적 제약 때문에 연재할 때 말할 수 없었던 부분을 새롭게 삽입한 것으로, '어쩔 수 없는 미완의 한계'를 극복하고자 하는 작가의 노력이라고 할 수 있다. (홍성원, 「보완과 개작에 대한 짧은 해명」, 『남과 북』 1, 문학과지성사, 2000, 6면.)

16) 김병익, 「6·25 콤플렉스와 그 극복-홍성원의 남과 북 론」, 『남과 북』 6권, 문학사상사, 1987, p.351.

17) 유임하는 『남과 북』의 성과로 6·25전쟁에 대한 총체적인 조망을 시도하였고, 거시적인 조감을 통해 전쟁의 메커니즘과 사회 변동으로서의 전쟁을 함께 주목하였다고 평가하였다. (유임하, 분단현실과 서사적 상상력, 태학사, 1998, 208~217면 참조.) 김명준은 『남과 북』이 전쟁의 수난사만을 집중한 것이 아니라, 분단과 '이데올로기적 대리전'의 현실을 우리의 삶과 운명의 문제로 환치시켜 이해를 시도함으로써 6·25전쟁에 대한 객관적 인식에 도달하고 있음

규헌과 그의 아들 설경민이다. 사학자인 설규헌은 6·25전쟁을 "이데올로기나 조국은 물론이고 그 이상의 신의 이름으로도 용서할 수 없는 인류에 대한 죄악"[18]으로 단죄하고 있다. 그는 두 체제를 수호한다는 명분의 6·25전쟁은 정당성이 부재할 수밖에 없고, 또한 6·25전쟁은 '한국인의 의지나 선택과는 상관없이 일어난 것'[19]이기 때문에, 결국은 한국인만 희생시키는 '대리전쟁'이라 판단하고 있다. 이러한 설규헌의 외인론 관점은 그의 아들 설경민에 의해서 다시 제기된다.

"지금의 한국은 옛 로마의 원형 투기장과 같은 곳이오. 한반도라는 이름의 이 극동의 투기장에서 남북한의 한국인들은 지금 방패와 창을 들고 공산주의와 민주주의라는 관객을 위해 피투성이가 되어 시범 경기를 하고 있소. (중략) 결국 한국인들은 자기를 키워준 주인에게서 서픈 어치 밥이나 얻어먹고 민주주의 공산주의라는 두 낯선 관객들에게 목숨을 건 사생결단의 검투 시합을 서비스하고 있소. 헌데 이 오만한 민주 공산 양편의 관객들은 그것도 부족해서 목숨을 걸고 싸우는 남북한 검투사들에게 이데올로기라는 이름의 적개심이 부족하다고, 좀더 열심히 싸우라고 화를 내며 큰 소리로 고함을 치고 있소. 대체 이 염

을 지적하였다. (김명준, 「한국 분단소설 연구」, 단국대 박사학위논문, 2002, 82~107면 참조.)

18) 홍성원, 『남과 북』 2, 문학과지성사, 2000, 64면.

19) 김병익, 「한국 전쟁, 집단적 비극적 소설화─홍성원의 남과 북 론」, 『감각의 뒤편』, 문학과지성사, 1995, 319면; 김명준, 「홍성원의 남과 북 론」, 『동양학』 33, 2003, 122면.

치없는 관객들은 한국인 검투사들이 얼마나 더 열심히 싸우기를 원하는 거요? 얼마나 더 많은 한국인 검투사들이 죽거나 피를 흘려야 당신들 강대국의 관객들은 만족할 작정이오."[20]

이와 같은 발언은, '전쟁의 발발이 세계대전 이후의 냉전과 대치의 연장선'[21]으로 이해하는 것으로 외인론에 해당한다. 또한 6·25전쟁이 열강의 대치 속에서 호명당한 한국인들만 일방적인 희생을 강요하는 모순적 상황을 지적하면서 설규헌의 관점을 이어나간다. 6·25전쟁은 열강의 논리에 따라 일어난 대리전쟁이라는 경민의 시각은 "물리적인 힘에 의해 어쩔 수 없이 그들의 터전을 전쟁 현장으로 징발당했을 뿐"[22]이라는 구절에서도 여실히 확인된다. 이러한 시각은 6·25전쟁으로 아들을 잃은 킬머 모친에게도 찾아볼 수 있다. 그녀는 한국에 전쟁이 발발한 것은 한국인의 잘못이 아니며, 미국과 소련으로부터 전쟁을 청부받아 대리하고 있음을 지적한다. 그녀는 "왜 미국의 청년들이 이 땅에서 죽어야 하는가를 묻기 전에 우리는 누구 때문에 이 땅에서 전쟁이 발생했는가를 먼저 물어야 한다"[23]고 말하면서 6·25전쟁의 원인을 반성적 시각에서 풀어내고 있다.

한편, 『남과 북』은 전쟁의 원인을 외인론에서만 찾지 않고, 내인

20) 홍성원, 『남과 북』 4, 문학과지성사, 2000, 367~368면.
21) 유임하, 『분단현실과 서사적 상상력』, 태학사, 1998, 213면.
22) 홍성원, 『남과 북』 6, 문학과지성사, 2000, 376면.
23) 홍성원, 남과 북 4, 문학과지성사, 2000, 424면.

론에서도 구명하고 있다. 이는 주요 인물들이 사회주의자가 된 배경에서 찾을 수 있는데, 남과 북에서는 사회주의자가 된 배경이 극명하게 대비되는 인물이 설정되어 있다. 먼저 일본에서 공과대학을 나온 진보적 지식인인 문정길은 철저한 사회주의자로서 개인적 욕망이나 감정은 배제된 채, 당을 위해 헌신하는 행동하는 인물이다. 홍성원이 그를 '사회주의 지성'이라고 표현했듯이, 그는 6·25전쟁의 당위성을 이성적으로 인식하고 '숭고한 전쟁'으로 받아들인다.

자신의 아이를 낳고 처형당한 명숙에 대해서도 당이 아무런 언급도 없었지만 당에 대해 회의하기보다는 당의 결정을 담담하게 받아들인다. 이렇듯 그는 개인적인 사정이나 감정보다는 인민통일을 우선하는 철저한 '이상적 사회주의자'인 것이다.

그에 비해 인민군 정치보위부 장교 신학렬은 무당이자 첩이었던 어머니 아래에서 불우하게 자랐기 때문에 천대와 멸시를 받고 살아온 인물이다. 이러한 환경에서 신분적 열등감을 가진 그는 사회주의 사상의 계급 타파를 위해 투신하게 되고, 철저한 사회주의 이념으로 무장한 인물이 된다. 신학렬은 자신의 비천한 출생과 지독한 가난의 경험이 당대 사회의 잘못된 계급구조에서 야기된 것이라 이해하고 있다. 그러므로 지주계급에 대한 반항심이 자연스럽게 생기고, 사회주의에 쉽게 경도되어 신념화되었다고 볼 수 있다. 따라서 신학렬의 이념 선택은 문정길과는 달리 사회주의의 본질을 이해하고 택하기보다는 지극히 개인적 욕구에 의한 선택된 것이라 볼 수 있다. 즉 그에게 사회주의는 그 진정성은 상실된 채 서자로서 천대받은 인생에 대한 앙갚음, 배고픔을 준 세상에 대한 대항담론에 불과한 것이다. 따라서 신학렬의 사회주의 선택 배경에서는 전통적인 신분 질서에서 오는 적대적 대립 관계를 예측할 수 있으며, 이러한 첨예한 대립관계는 민족 내부의 갈등으로 확대되었음을 추정할 수 있다. 그러므로 남과 북의 이러한 상황 설정은 6·25전쟁의 원인을 외인론 외에도 내인론 차원까지도 아우르고 있음을 말해준다.

2. 북한의 경우

1980년 1월, 김정일은 조선작가동맹 회의에서 "높은 당성과 심오한 철학성으로 주체적인 창조세계를 구현해 나갈 것"을 교시하였다. 이때의 '높은 당성'이란 주체문학의 기본적인 패턴을 유지하는 것을 말하며, '심오한 철학성'이란 문학이 북한의 사회현실 및 인민대중과 괴리되지 않도록 현실적 상황을 반영하도록 교시한 것을 말한다.

1986년에 이르러서도 김정일은 「혁명적 문학예술작품 창작에서 새로운 앙양을 일으키자」라는 글을 통해 체제 외부의 사상적 침투를 경계하면서도 다시 문학이 현실적 상황을 반영하도록 교시하였다.

이러한 북한의 문예정책 변화는 주체문학을 본류로 하고 부수적으로 현실주제문학론을 내세우는 것으로, 더 이상 문학을 현실로부터 차폐된 자리에 두는 것이 이득이 되지 못한다는 자체평가의 결과이다.

1990년대 북한문학이 보이는 보다 확장되고 강화된 변화의 모습은 이와 같은 역사적 전개과정을 거쳐 비로소 가능해진 것이다.

1980년대 이후 북한 사회의 개방화에 대한 관심이 증폭되고 또 사회주의 현실을 실제적으로 드러내는 작품들이 이전 시기와는 다르게 다수 생산되면서, 북한문학이 그 내부에서부터 부분적인 변화를 보여온 것은 사실이다. 산업화 과제가 정책의 주안이던 1970년대의 '생산현장 영웅'에 비해 '숨은 영웅'이 등장하고, 주체문학론과 부수적 현실 주제 문학론의 병행을 뜻하는 '높은 당성과 심오한 철학성'의 구현이 새 지도자 김정일의 교시로 나타난다.

이때 당성과 철학성은 서로 이율배반적인 방향성을 갖고 있지만, 기존의 것을 지키면서 새로운 것을 추구해야 하는 북한문학의 딜레마를 함축하고 있는 배합에 해당한다. 북한의 문예정책 당국으로서는 문학의 대중장악력이 현저히 떨어진 현실을 버려 둘 수 없었던 것이다. 그에 대한 처방으로 일종의 철학성을 바탕으로 현실의 '의의있는 문제'를 포착하려 했던 것이다.

이러한 사실들은 1980년대의 북한문학이 획일성을 극복하려는 노력과 탈이데올로기의 시대적 분위기를 반영하고 있음을 보여준다. 물론 현실주제문학 가운데에서도 체제 자체에 대한 비판은 나타나지 않고 체제 내적인 갈등을 부분적으로 다루고 있는데, 여전히 인물의 고정성이나 결말의 도식성을 극복하지 못한 형편이다.

1990년대의 북한문학은 다음과 같은 두 가지 성격을 확연히 드러낸다. 첫째는 '높은 당성'을 철저히 구현하면서 혁명적 낭만주의의 경향으로 사회주의적 영웅을 긍정적 인물로 그리는 것이고, 둘째는 1980년대 보다 더 강력하게 도식주의적 창작 성향을 비판하면서 문학의 지성도를 높이고 현실의 진실성을 창조하려는 것이다. 이 양극화 현상은 김정일의 저서 「주체문학론」에서 뚜렷하게 천명되고 있다.

이 저서는 1967년 주체문학의 시발로부터 동시대에 이르기까지 김정일에 의해 주도된 북한 문예정책의 총화이며, 급격하게 변화하는 세계사의 상황에 따라 북한문학의 변화를 새롭게 덧붙인 것이다.

특히 과거 문학 유산에 대한 재평가를 통해 그동안 부당하게 소외되었다고 판단된 카프문학과 실학파문학에 대해 다시 긍정적으로 평가하는 변화를 보여주고 있다. 북한 정책당국의 승인 아래 1980년대 중반부터 이루어졌던 이인직, 이광수, 최남선에 대한 재평가와 더불어 한용운, 김억, 김소월, 정지용, 심훈, 이효석, 방정환, 나운규 등을 새롭게 평가하는 작업도 이루어지고 있다.

『주체문학론』에서 '문화유산론'과 함께 새롭게 제기된 과제는 '리얼리즘론'이었으며, 이는 영웅적이고 긍정적인 인물에 기초한 '고상한 리얼리즘론'에 반하는 것으로 도식적 인물의 긍정 및 부정에 대한 비판까지도 그려내야 한다는 인식을 담고 있다. 이는 일반 문학 독자층과 학계의 변화 욕구를 수용하는 한편, 동구 사회주의권 붕괴 이후 '우리식 사회주의'와 '우리식 문화'의 구체적 모색을 시도한 것이라 할 수 있다.

1994년 7월 김일성의 사망은 북한의 모든 정책적 판단을 중지사태로 몰아가고 남북 간의 평화적 분위기도 급랭시켰다. 그것은 또한 북한문학을 일시적으로 1980년대 이전으로 회귀하게 하는 경향을 나타내기도 했다. 이는 궁극적으로 북한의 체제 유지에 대한 위기감에서 말미암은 것으로, 김정일 시대와 그의 체제가 안정되기까지 회피할 수 없는 상황인 것이다.

또한 1990년대 중반 이후 계속되고 있는 북한의 식량난은 위기감을 더욱 고조시키면서, 그와 같은 사회적 위기가 문학적 상상력의 억압으로 나타날 수밖에 없다.[24]

가. 치안대문제 갈등의 해소

한국전쟁 당시 생긴 치안조직인 치안대의 가담자에 대해 북한 당국에서 '피동분자'와 '주동분자'로 나눠 벌을 내렸다. 빈농출신의 치안대 가담자에 대해서는 자수하게 되면 사법적 책임을 묻지 않았지만 '주동분자'로 불리는 사람들에 대해서는 공개재판의 형

---

24) 김종회, 「해방 후 북한문학의 변화 양상과 남북한 문화 통합의 전망」, 『현대문학이론연구』 16권, 2001, 158~161면 참조.

태로 법적처리를 하였다. 치안대로 인하여 생활공동체의 내부적
결속력이 깨어지게 되면서 사람들 사이에 반목과 질시가 심화되
었다. 이는 북한 사회 내부의 냉전적 적대감정을 야기시키고 이후
균열을 가져다주었을 뿐만 아니라 남북한 사이의 갈등을 누그러
뜨리는 데 결정적 장애물 중의 하나로 작용하였다.[25]

북한에서 치안대문제를 문학으로 다루기 시작한 것은 1952년
무렵이며 그 이후 북한문학에서 치안대문제는 끊임없이 등장했다.
전후에서 1950년대까지 씌어진 작품들이 주로 치안대와 북한 주
민들 간의 갈등과 투쟁의 모습이었다면 전쟁의 상처로부터 조금
씩 회복된 후 창작의 자유가 조금 허용된 후의 작품에서는 치안대
관련 소설에서 과거의 반성과 용서의 의미를 보여주기 시작했다.

김삼복의 『향토』(1988)는 당시 북한의 농촌 사회에 여전히 남아
있어 사람들을 괴롭히고 있는 치안대와 관련된 분단문제를 반영
하는 작품이다. 치안대를 둘러싼 북한 내부의 갈등이 과거로 지난
간 것이 아니라 여전히 사람들의 마음속에 남아 있는 상처라는 것
을 보여준다. 이 분단문제가 북한 내부에서도 심각하게 작용하고
있다는 증명이다.

오근풍 아저씨는 마을에서 오랫동안 이당위원장으로 일하고 있
다. 그는 산성화된 토양을 개량하기 위해 석회석 매장을 파악하러
직접 산으로 가서 답사를 다니다가 실족했다. 부상을 당한 그는

임종을 앞두고 도형·명호·영금이 세 젊은이와 과거에 있었던 일을 회상한다. 도형은 전쟁 때 아버지를 잃었고 외가의 도움으로 도시에 가서 공부하고 졸업 후 전기연구소의 연구원이 되었다. 명호는 마을에서 성인이 되어 건실한 농사꾼으로 성장하여 기계화 작업반장을 맡고 있는데 그에게는 과거에 치안대에 가담했던 형이 있다. 영금은 대학을 졸업한 후 고향 마을로 돌아와 협동농장의 관리위원장으로 일하고 있다. 오근풍 아저씨의 임종을 계기로 하여 세 사람이 다시 이 마을에 모이게 된다. 이 과정에서 그들이 그동안 겪었던 이야기가 번갈아 가면서 서술되는 방식으로 전개된다.

이 작품에서의 치안대 문제는 이당위원장으로 오랫동안 복무하여 온 오근풍 아저씨와 이 마을에서 자라 어렵게 트랙터 운전수가 되어 근실하게 일하는 명호 간의 관계에서 나타난다. 명호의 집은 일제하부터 소작농민으로 어려운 생활을 해왔다. 해방 후에 토지개혁으로 자기 땅을 가지게 되었다. 이후 착실한 생활을 하게 되었는데 전쟁이 발발하여 집안이 새로운 곤경에 빠지게 된다. 마을에 치안대가 생겼는데 과거 이 마을의 지주였던 최씨 아들이 치안대 대장이 되었다. 최씨 아들은 명호의 형 병식에게 치안대에 들어올 것을 강요한다. 병식은 발을 절뚝거린다는 핑계로 들어가지 않으려고 했지만 당시의 분위기에 몰려 어쩔 수 없이 치안대에 들어갔다. 그리하여 이 마을에서 이루어진 대규모의 학살에 직접이나 간접으로 관여하게 되었고 이후 심각한 상황에 빠지게 된다.

그는 선두에 서지 않기 때문에 기소되지는 않고 선처를 받아 그 마을에서 계속 생활하게 되지만 피해자 가족들은 이런 사람들과 같은 마을에 산다는 것에 대해 불만을 품고 이들을 추방하거나 비판하려고 한다. 마을에서 명호네 가족은 마을에서 제대로 고개를 들고 살 수가 없다. 그러다가 전후 농업협동화과정이 진행되면서 산에서 양을 키우는 과업이 제기되자 명호의 가족은 그 아무도 가지 않으려는 외딴 곳으로 가게 된다. 마을 건달 홍정표가 양을 죽이고서 자신의 잘못을 평소 이 마을에서 치안대 문제로 항상 불신을 받아왔던 명식에게 돌려버린다. 평소 병식을 미워하던 마을 사람들은 아무런 의심 없이 그 말을 믿었다.

이 마을에서 분단으로 인한 고통은 여기에 그치지 않는다. 명호는 농장에 들어와 트랙터에 관심을 가지게 된다. 시간이 나는 대로 틈틈이 기술을 배운다. 결국 그는 트랙터 운전수로부터 인정을 받아 이 마을에서 트랙터 운전수 양성소로 추천하는 명단에 첫 번째로 올라가게 되었다. 그런데 그가 1번으로 되어 있던 추천 명단이 이당위원장의 손에 오기 전에 이미 그의 이름이 명단에서 빠져 버렸다. 마을의 피살자 가족들이 명호의 형이 치안대에 가담했다는 이유로 명호가 운전수 일을 맡는 것을 반대하기 때문이다. 이미 오랜 세월이 지났지만 이 마을 사람들에게는 결코 지난 일이 아닌 것이고 생생한 현재의 이야기인 것이다. 그렇기 때문에 과거의 이 상처가 돋아나게 되었고 이로 인해 명호는 심한 타격을 받는다. 평소에 그의 형이 그에게 하는 말, 즉 더 이상 무엇을 해보

려고 하지 말라는 말이 무엇을 의미하는지를 피부 깊숙이 느끼게
되었던 것이다. 과거 어릴 때만 해도 이 치안대가 무엇인지 몰랐
고 컸어도 그 일이 얼마나 깊은 상처를 남겼고 현재에도 지속되고
있는가를 실감하지 못하여 형의 말을 그저 흘려보냈던 그가 이 일
을 당하면서 비로소 그 반목과 갈등의 심각함을 깨닫는 것이다.
이 일을 겪으면서 치안대에 가담하였던 일로 세상과 담을 쌓고 살
아가는 명호의 형과 명호가 나누는 대화는 이 치안대 문제가 당사
자들에게 얼마나 큰 고통이며 이것은 그들로 하여금 얼마나 그 사
회에서 제대로 살 수 없게 만드는가를 알 수 있다.

> "그러기 내 말하지 않던……분수에 맞지 않게 헛꿈을 꾸지 말
> 라고……사실 우리가 그런 걸 바랄 체면이 없지 않니?"
> 형이 이렇게 말했을 때 나는 울분을 터치고야 말았다.
> "차라리 난 이 운암을 뜨겠어요!" 나는 낮에 순간적으로나마
> 품었던 생각을 입 밖에 냈다.
> "뭐? 너 그게 진정이냐?" 형이 놀래였다.
> "진정이라면 그래 어찌겠어요? 형은…… 왜 치안대에 들어가
> 지구…… 정말 형은."
> 나는 헐떡이며 더 말을 잇지 못했다. 마음 어진 형의 죄스러움
> 에 빛을 잃은 눈이 나를 쳐다보았기 때문이였다. 나는 형의 가
> 장 아픈 곳을 칼로 찌른 것이나 같았다. 형은 고개를 푹 떨구었다.
> "그래, 나를 원망해라. 그래 싸지. 저주해라. 그 무슨 말을 들
> 어도 난 할말이 없다……"

마을을 떠나 혼자 살고 있는 형에게 자기마저 마을을 떠나겠다고 이야기하는 명호의 이런 참담한 심정은 오늘날 북한의 현실에서 이 분단문제가 결코 과거의 일이 아님을 알 수 있는 것이다. 그 자신이 했던 일이 아니고 그의 형이 했던 일로 인하여 이렇게 고통을 받을 정도이니 북한의 사회에 뿌리박고 있는 전쟁 때의 이 치안대 문제가 얼마나 분단시대의 냉전의식의 확장에 크게 기여하고 있는가 하는 것을 쉽게 알 수 있다.

이당위원장 오근풍은 그 자신의 일도 아닌 그의 형의 과거 일 때문에 명호가 받게 되는 고통을 알았을 때 피살자 가족을 설득하는 것은 물론이고 그 자신의 지위를 십분 활용하여 사태를 바로잡아 마침내 명호는 트랙터 운전수 양성소로 가게 되었다. 과정을 마친 후 마을에 돌아와 한 성실한 일꾼으로 되어 현재에 이르고 있다. 그런데 이 과정에서 우리가 눈여겨볼 대목은 이 일을 해결하는 과정에서 핵심적 역할을 한 이당위원장의 과거이다. 그 역시 이 전쟁으로 인하여 심한 고통을 받은 사람 중의 하나이다. 그는 전쟁시 특히 미군과 국방군이 북한을 점령하였을 때 산으로 도망가 그곳에서 유격대 활동을 하면서 저항했던 사람이다. 그렇기 때문에 피신하지 못하고 이 마을에 남아 있었던 그의 부인 최정임은 치안대 사람들에 의해 비참하게 학살당했다. 남편이 해방 직후부터 당원으로 일했다는 것과 지금 유격대 활동을 하고 있다는 이유 때문에 그녀는 치안대에 의해 비참하게 당했다. 그때 받은 고통으로 인하여 지금까지도 재혼을 하지 않고 혼자 사는 그는 이미 과거의 일을 더이상 되풀이하여 덧나게 할 필요가 없다고 생각하기 때문에 그는 명호에게 적대적으로 대하는 마을 주민들에 대하여 강한 실망감을 갖지만 그들을 설득하려고 노력한다. 피살자 가족의 일원이기도 한 그가 왜 치안대에 가담했던 가족들을 끼고 도는가 하는 은근한 비판과 눈초리를 마을 사람들에게 받아가면서도 그가 이 문제의 해결에 적극적으로 나서는 것은 과거의 일은 빨리 해결되어야 하는 것이고 그럴 때만이 이 땅에 평화로운 삶이 가능할 것이라는 기대감이 있기 때문이다. 과거의 그 상흔으로부터 벗어나지 못하고 끝없이 싸우고 갈등하는 한 결코 평화로운 삶이 불가능할 것이라는 판단으로 그는 자신의 개인적인 아픔을 넘어설 수 있었던 것이다. 그 역시 지금도 과거에 아내가 처형당했던 곳은 의식적으로 한 번도 가지 않을 정도로 마음속 상처가 완전히 가시지는 않았지만 모든 사람들의 평화로움을 위해 이렇게 나설 수 있었던 것이다. 마을 주민들 특히 피살자와 전사자 가족들의 이런 비판을 바라보면서 '언제 이것이 끝날 것인가'라고 혼잣말을 하고 있는 오근풍의 태도에서 이러한 강한 바람과 그것과는 일치하지 않는 현실의 모습을 동시에 읽을 수 있다.

나. 이산의 서술과 통일 지향

90년대 북한문학에서 남북통일을 다루는 작품들이 주목을 받을 만하다. 전통적으로 통일문제를 다루는 작품들은 남한의 현실을 비판하면서 당위적 차원에서 통일 염원을 하고 있다. 남한의 현실을 다루더라도 해방된 북한이 미제의 압제 밑에서 유린을 다하는 남한을 구한다는 도식적인 내용이 중심을 이루고 있다. 그러나 90년대 들어 통일문제를 다루는 작품들은 이전의 작품들에서 보이는 남조선 해방이라는 획일적 모습에서 탈피했다. 이들 작품들은 북한 사람들이 겪는 분단 현실에 초점을 맞추고, 이산의 아픔을 중심 소재로 하고 있다.

　김명익의 「림진강」(1990)은 분단 현실 하에서 북한 주민이 겪는 삶의 현실을 다루고 있다. 중년 주부 숙희가 평양에서 교수인 남편과 같이 살고 있으며 숙희의 어머니는 임진강을 끼고 있는 림강 마을에서 홀로 살고 있다. 숙희는 어머니 류성녀를 평양으로 모시기 위해 어머니를 설득한다. 그러나 어머니는 임진강을 결코 떠날 수 없다. 그 이유는 남쪽으로 내려간 남편과 아들을 기다려야 하기 때문이다. 남편이 열병에 걸린 아들을 치료하기 위해 강 건너 명의네 집으로 간 사이에, 임진강이 군사분계선이 되어 가로막혀 버린다. 어느 날 밤, 남편은 위험을 무릅쓰고 임진강을 건너 헤엄쳐 돌아오지만, 아들의 병세가 호전되면 함께 올 것을 약속하고 다시 떠난다. 이후 류성녀는 남편과 아들을 만날 수 있는 통일의 날이 오기를 기다리면서 임진강을 떠나지 못한다. 고향집에서 통일을 맞겠다며 어머니가 딸에게 이렇게 말한다.

　　……너도 방송에서랑 들어 알겠지만 저 남쪽에서 문익환 목사

랑 황석영 분이랑 우리 북반부를 다녀가지 않았니. 그리구 어린 처녀인 김수경이와 문규현 신부도 통일을 위해 평양에 왔다가 통일을 위해 돌아갔지. 장벽이라던 구사분계선을 걸어 지나서 말이다. 그들 모두 조국해방 쉰 돐이 되는 해까지는 기어코 나라를 통일하고 분단 민족의 슬픔을 끝장내자고 하였지. 민심은 천심이라구 통일의 날은 반드시 온다.

인용문에서 알 수 있듯이 남한 인사들이 북한을 방문했다는 자체가 북한 사회 내에서 통일에 대한 희망을 가져다줬다. 이 소설에서 어머니의 통일 소원으로 끝이 나고 더 이상 예전처럼 통일은 반드시 북한이 남한을 해방시켜줘야 한다는 내용 구성이 나타나지 않았다.

소설에서 이러한 변화가 나타난 후 북한에서 창작에 대한 경고를 하기 시작했다.

최근에 발표된 일부 조국 통일 주제의 작품들에서는 우리 조국을 둘로 갈라놓고 우리 인민에게 분열의 고통을 강요하고 있는 근본 원흉인 미제 침략자들에 대한 치솟는 민족적 분노와 증오심을 강하게 불러일으키지 못하고 지엽적인 문제들에 형상의 주목을 돌리는 것과 같은 편향이 나타나고 있다. 일부 소설들에서는 남조선 현실을 반영하면서도 근 반세기 동안이나 우리 조국 남반부를 강점하고 식민지 통치를 감행하면서 남조선을 핵 전초 기지로 전변시킨 미제 침략자들의 만행을 폭로 단죄하고 놈들을 몰아내기 위한 사상적인 대를 튼튼히 세우고 형상 조직을 하지 못하고 이런저런 생활을 보여주는 데 그치고 마는 경우들이 있다. 특히 미제와 그 앞잡이들의 군사 파쇼 통치를 반대하고 미국 놈들을 남조선에서 내쫓기 위하여 항쟁의 거리에서 피 흘리며 싸우고 있는 주인공들을 정면에 내세우지 못하고 분렬로 인한 인정적인 설움이나 고통을 보여주는 주인공들을 그리는 현상이 많이 나타나고 있다. 물론 근 반세기에 걸치는 분렬로 인하여 혈육들이 갈라져 생사여부조차 모르고 있는 비극적인 현상이 많은 것은 사실이다. 그렇다고 하여 분렬의 아픔과 고통만을 보여주는 데 그치고 이러한 비극을 강요하고 있는 미제와 분렬주의자들의 책동을 짓부셔버리고 통일을 쟁취하기 위한 투쟁으로 사람들을 이끌어주지 못한다면 그러한 작품은 시대와 혁명 앞에 니닌 자기의 사명을 다할 수 없다.[26]

이러한 경고가 나온 후 작품들에서 확실히 변화가 생겼다. 작가 남대현의 「상봉」을 예로 들어보겠다.

주인공 재호는 아버지를 찾기 위해 일본에 갔다가 북한에 들어가서 정착하게 되는데 직업이 신문 기자이다. 어느 날, 남조선 어선 '대양호'가 태풍에 조난당했다가 북한 경비정에 의해 구조되었다. 재호는 '대양호'의 탑승자 명단에서 어린 시절 고향 친구 송영태와 같은 이름을 발견한다. 그 친구는 어린 시절 월남한 아버지를 찾기 위해 어머니와 함께 남쪽으로 내려갔는데 재호의 고향에 머물렀다. 영태는 부두에서 그렇게 찾고 싶었던 아버지와 만나 서

---

26) 「오직 우리식대로 창작하자」, 『조선문학』, 1991. 9, 4면.

로 안고 운다. 그토록 기다리던 상봉이지만 잠시 후 바로 이별의 아픔을 다시 겪게 된다.

> 나 역시 오늘의 상봉이 괴로웠네. 그렇지만 난 바로 그 괴로움 속에서 래일에 대한 확신, 뚜렷한 확신을 가지게 됐네. 상처의 고통은 종처를 도려낼 때가 제일 심한 법이 아닌가! 새 생명의 탄생 역시 가장 모진 진통을 거치기 마련이고, 난 오늘의 상봉에서 우리가 바로 그런 처지에 있다는 걸 똑똑히 깨달았네. 삼천리 강산이 하나로 되고 외세가 물러나고 분렬의 장벽이 무너지고……. 그렇네! 통일이네. 우리가 그토록 바라던 통일이 이젠 바로 눈앞에 다가섰단 말이네.
> 내 눈에는 보이네. 북남으로 자유로이 오가는 사람들의 모습이 말이네. 통일의 광장에 우리 수령님을 높이 모시고 목청껏 만세를 부르는 7천만 겨레의 감격에 넘친 모습이 말이네![27]

위의 인용문을 통해 북한에서 통일 주제 소설에 대한 경고의 메시지가 어느 정도 작용하고 있음을 볼 수 있다.

3. 중국 대륙의 경우

1977년부터 1985년까지는 장칭(江靑)을 비롯한 문화대혁명을 추진하였던 세력이 쫓겨나 문예계가 새로운 시대를 맞이한 시기이

---

27) 남대현, 「상봉」, 김재홍 편저, 『그날이 오늘이라면』, 청동거울, 1999, 231면.

다. 따라서 1977년 이후의 중국문학은 '문혁'의 악몽에서 벗어나 새롭게 문예계를 진작시키려고 애쓴 기간이라 할 수 있다. 그들은 다시 문혁 이전 17년 동안의 업적과 전통을 이어받아 새로운 문학의 세계를 열려고 하였다. 다시 '모든 꽃을 한꺼번에 피어나게 하고(百花齊放)', '모든 이들이 앞 다투어 자기 생각을 내세우는(百家爭鳴)' 새로운 시대를 맞이한 것이다. 1979년의 중국 문학예술 공작자 제4차 대표대회(中國文學藝術工作者第四次代表大會)에서 등샤오핑(鄧小平)은 문예에 대하여 당에서는 "쓸 데 없는 간섭을 하지 않는다"는 중공중앙의 방침을 분명히 밝혔다. 그러나 문혁 동안에 거의 모든 경험과 능력이 뛰어난 작가들이 죽거나 박해를 당하여 무너진 문학 풍토의 기반을 바로 회복하는 수는 없었다. 많은 작가들이 나와 문학창작에 분발하였지만 이전 17년 동안의 전통이나 문혁으로 단절된 상처를 어찌하는 수가 없었다.

1977년 류신우(劉心武, 1942~)의 문화혁명 기간에 젊은이들이 겪은 정신적인 상처를 다룬 「반주임(班主任)」이라는 단편소설에 이어 루신화(盧新華)의 「상흔(傷痕)」 등이 나오면서 80년대에 이르기까지 이른바 '상흔문학(傷痕文學)'이 문학 창작의 큰 주제의 하나로 대두하였다.

또 하나 큰 영향을 준 것은 외국문학이다. 70년대 말에 『세계문학』·『외국문학』·『외국문예』 등의 잡지가 나오면서 노벨상 수상작가들의 작품을 비롯하여 많은 외국문학이 번역 소개되면서 80년대 문학발전에 크게 기여하였다.

시단에 있어서는 문혁의 악몽에서 벗어나 새로운 미학적인 바탕에서 자유롭게 개성적인 시를 쓰려는 노력이 결과적으로 1979년 무렵부터 이해하기 어렵고 표현이 분명치 않다고 느껴지는 몽롱시(朦朧詩)라고 부르는 시를 쓰는 시인들이 나오게 하였다. 여기에는 외국문학의 영향도 적지 않았을 것이다. 많은 시인들이 뒤를 이어 몽롱시를 쓰게 된다. 거기에는 시인의 독특한 개성과 시의 표현기교가 담겨있었다. 그러나 1983년을 넘어서면서 몽롱시 창작은 한 고비를 넘기게 된다.

1980년대에 들어와서는 문학 창작에 있어서 새로운 미학의 추구가 여러 가지로 시도된다. 이전 좌익문학의 결함과 노동자 농민과 병사들만을 내세우던 문학의 편협성을 깨달은 이상 그것은 당연한 추세였다. 우선 '상흔문학'에서 벗어나 지난 일을 반성하는 흐름이 생겨났다. 그리고 인간의 문제, 자기 자신의 문제, 자기가 몸을 담고 있는 사회의 문제 등을 진지하게 추구하게 되었다. 따라서 인도주의적인 작품과 인생문제를 다룬 것 및 자기가 경험한 도시생활이나 향촌생활을 통하여 서민문화를 추구한 것 등 다양한 작품들이 나오기 시작하였다. 서양의 현대파 문학의 도입도 큰 영향을 끼쳤다. 따라서 1985년에 이르기까지 중국 문단에는 적지 않은 작가들이 보다 진지하게 문제를 추구하며 새로운 각도에서 쓴 문제작들이 나오기 시작하였다.

1986년부터 경제개방 정책 등으로 말미암아 생활에 많은 변화가 일어난 시기이다. 보다 새로운 크고 강한 중국을 추구하며 보다 자유로워진 분위기 속에 모두가 자기를 찾고 능력을 발휘하려는 시대이다. 따라서 문학 창작은 80년대 말엽에 더욱 활발하고 다양해진 경향을 발전시키고 정리도 하며 새로운 길을 찾기도 하는 시대이다. 때문에 1986년 이후야말로 진정한 의미의 중국의 당대문학(當代文學)이라 주장하는 이들도 있다.

90년대에 들어서서는 시장경제의 발전과 시민 계층의 요구에 따라 대중문화 또는 대중문학의 추구가 유행하였다. 도서출판 및 텔레비전 방송의 더욱 발전한 시장화와도 관계가 있다. 이는 문학 작품의 상품화도 뜻하기 때문이다. 다시 이러한 경제발전과 자유로운 분위기의 확장에 따라 이전의 경직된 의식형태에서 벗어나 새롭게 자신을 조정해보려는 경향도 생겨났다. 이는 1993년에서 1995년에 이르는 기간의 '인문정신(人文精神)'에 관한 논쟁으로 들어나게 된다.

2000년대에 들어와서는 경제 개방에 따른 경제 발전으로 중국이 경제대국 군사대국으로 세계에 군림하게 된다. 이에 따른 세계화 추세에 다라 지금은 사회주의이념으로는 절대로 용납될 수가 없다고 생각되는 공자·노자 등의 봉건적이고 유심론적인 전통사상도 받아들여지고 있다.

가. 근대사의 문학적 재인식

1990년대 등장한 신역사소설은 과거 있었던 혁명역사소설과 대조되는 소설 유파이다. 새로운 역사관과 새로운 서술 형태로써 민국 시기의 이른바 '비당파적 역사' 제재에 대한 재추적까지를 포괄하는 일종의 문학에 의한 역사 되쓰기 작업의 소산이다. 이 소설 유파는 종전의 역사 속에 깃들어 있는 이데올로기적 색채로부터 벗어나, 역사 기록의 이면에서 펼쳐지는 구체적이 인간 삶의 이야기를 재구성하려는 시도를 반영한 것이다.

신역사소설은 1990년대부터 지금까지 큰 인기를 얻고 있다. 많은 작품들이 영화나 드라마로 제작되어 큰 화제가 되기도 했다. 신역사소설은 중국 주류 문학 범주에서도 인정하는 중요한 소설 유파가 되었다. 흥행이유는 시장의 수요와 대중들의 문화 소비 심리에 맞게 창작되었다는 것이 물론 이유가 되겠지만 국가 주류 이데올로기의 유도도 어느 정도 작용했다고 봐야 한다.

신역사소설로서 가장 화제가 되던 작품은 『풍유비둔(豊乳肥臀)』일 것이다. 작가 모옌은 본명 관모예(管謨業)이며 1955년 2월 17일 중국 산둥성 가오미현에서 빈농의 아들로 태어났다. 12세에 학교를 그만두고 면화공장에서 일하다가 1976년 인민해방군에 입대하였다. 해방군 예술학원 문학과를 졸업했으며 베이징 사범대·루쉰 문학 창작원에서 석사학위를 받았다. 군인작가로 활동했다가 1995년에 발표된 장편소설 『풍유비둔』 때문에 어쩔 수 없이 군대를 떠나 프로 작가가 됐다.

'풍유비둔'은 유방과 둔부가 풍만한 여자를 형상화하는 단어다. 소설 속 어머니는 이러한 유방과 둔부가 풍만한 여성이다. 이 어머니는 생식기능이 없는 남자와 결혼하고 일본군 침략 때 남편은 죽음을 당했다. 남편을 잃은 어머니는 딸 여덟 명과 아들 하나 낳아 키웠는데 모두 사생아이다. 큰딸과 둘째딸은 어머니와 어머니의 친고모부 사이에서 태어났다. 나머지 여섯 명은 어머니가 네 명의 패배한 병사한테 겁탈당해서 임신하여 낳은 일곱째 외에 각각 다른 곳에서 온 오리를 파는 남자, 돌팔이 의사, 노총각, 스님, 그리고 스웨덴 목사와의 사생아이다. 큰딸부터 여섯 째 딸까지 각각 토적, 국민당 간부, 공산당원, 미국인 등 각종 신분의 남자에게 시집가서 살며, 시집 못 간 일곱째랑 여덟째는 자살하려 한다. 딸들은 남편과 함께 어머니에게 온갖 고통을 준다. 소설의 화자인 '나'는 막내로서 여덟째 누나랑 같은 아버지에서 태어난 쌍둥이다. 작가는 이렇게 많은 인물들을 통해 20세기 혼란했던 중국 사회의 복잡한 면모를 독자에게 보여줬다.

　모옌은 『풍유비둔』이 자신의 어머니의 실제 경험과 고향의 다른 어머니들의 이야기를 모아서 어머니에게 받치는 선물이라고 한다. 이 작품에 대한 평가는 엇갈렸다. 많은 비평가들은 매우 높은 평가를 아끼지 않았지만 중국 주류 이데올로기 편에 있는 사람들은 '반동문학', '더러운 쓰레기' 등과 같은 혹독한 평을 내렸다.

　좌파 문학잡지 『중류』에 연이어 십여편의 평론을 발표해 『풍유비둔』을 비판했다. 저명 작가 류바이위(劉白羽)는 "우리가 피땀을 흘려 위대한 국가를 건설했는데 이러한 좀벌레들을 키웠다니 분하다"고 분오를 터뜨렸다. 『중류』 주편인 저명 좌파 작가 웨이웨이(魏巍)는 모옌이 공상당 역사를 왜곡하고 공산당이 이끌었던 항일무장을 추악시켰다고 한다. 중공중앙 기관지『구시』잡지사는『홍기문고』에 비판의 글을 실었다. "과거에 국민당 반동파는 공산당이 '공산공처, 천륜절멸'[28]한다고 모독하는데 그것은 그저 헛되게 소리만 질렀던 것이지 구체적인 글로 표현된 적이 없었다. 몇 십 년 후 모옌의『풍유비둔』이 나타나 이 공백을 채워준다니 상상조차 못한 일이다." "『풍유비둔』에서 공산당은 좋은 점 하나도 없고 반대로 국민당은 좋은 점 많다. 국공 양당 간에 수십 년 동안 싸웠는데 누가 옳고 누가 틀린지, 누가 인민의 지지를 받고 누가 인민에게 재앙을 가져다주는지 이미 역사적으로 정론이 났다. 모옌은 역사적 사실을 무시하고 인민의 고통을 모두 공산당의 책임으로 몰아낸 것은 역사 유물주의적 태도인가? 아무리 새로운 것을 창조하자 해도 사실이 아닌 것을 만들면 되겠나? 중국공산당이 이끄는 혁명 정권이 모옌이 말한 것처럼 인민을 못 살게 했다면 인민들의 옹호를 받고 승리를 거둘 수 있었겠나?" 더 심한 것은 일부 사람들이 중공선전부와 당중앙에 편지를 보내 당에 대한 충심을 표하면서 '반동소설'에 대한 증오를 표현했다. 이처럼 막중한 압력을 받고 모옌이 당시에 근무했던 군대에서는 모옌 보고 반성문을 쓰도록 하고 본인 의사에 의해 부대를 떠나라고까지 했다. 모옌은 오전에 사표를 제출하고 오후에 바로 비준을 받아 21년 동안 몸을 담았던 부대를 떠났다. 또한 위에서 지시한 대로 소설을 출판해

---

28) 共産共妻, 공산당이 아내를 집단적으로 점유한다는 뜻임.

준 작가출판사에게 편지를 보내 작품을 다시 출판하지 말라고 했다. 2003년이 되어야 중국공인출판사에서 다시 출판했지만 또 다시 여론의 질책을 받아서 출판사의 책임편집장이 사직하게 됐다.

모옌의 『풍유비둔』은 중국 대륙에서 문학창작의 금기를 깨뜨렸다. 중국 주류 이데올로기는 역사소설에 반드시 혁명성과 당성을 요구했다. 공산당과 국민당 사이에는 반드시 공산당이 긍정적이고 국민당이 부정적인 존재이어야만 했다. 『풍유비둔』은 그러한 고정적인 틀을 깨뜨렸으니 1990년대 당시의 중국에서는 충격이 클 수밖에 없었다. 지금은 이러한 신역사소설은 주류 이데올로기의 지지를 받아 대량 생산되고 있는 실정이다. 주류에서 신역사소설을 쓰도록 유도하는 것은 시대적 요구에 정면 대응하는 방식이면서 또한 대륙의 공산당이 대만의 국민당에게 보내는 새로운 메시지로 풀이될 수도 있을 것이다.

신역사소설에 또 하나의 흥행작은 『검을 뽑는다(亮劍)』(2000)이다. 제대군인 두량(都梁)의 처녀작으로 전쟁역사소설의 새로운 개념을 개척했다는 평을 받고 있다. 『검을 뽑는다(亮劍)』는 드라마로 제작되어 중앙텔레비전의 황금시간대에 방송되었는데 관중들의 호평을 받았다.

소설에서 주인공 리윈롱(李雲龍)이 팔로군 단장으로 산시성 서북 지역에서 일본군과 싸우는 시기부터 문화대혁명 시기 박해를 당해 생을 마감하기까지 그의 전설적이고 영웅적인 일생을 그렸다. 주인공의 삶을 통해 중국의 항일전쟁부터 해방전쟁을 거쳐 건국

후 문화대혁명까지 긴 세월동안의 격변의 역사를 재현했다. 50~
60년대의 혁명역사소설에서 공산당만 적극적으로 항일하고 국민
당은 소극적이거나 오히려 공산당을 살해하는 보편적인 내용과
달리 『검을 뽑는다(亮劍)』에서 국민당군 358단 단장 추윈페이(楚雲
飛)는 적극적으로 정면에 나서 리윈룽과 함께 항일하는 영웅으로
형상화했다. 이제 중국에서 계급관념이 약화되고 민족주의가 주류
가 되고 있는 상황에서 항일전쟁이라는 역사를 재현할 때 계급투
쟁이 더 이상 서사의 구조에 중요한 자리에 오르지 않고 대신 민
족주의가 혁명의 의미 부여에 더 중점으로 취급받게 된다. 신역사
소설을 통해 국공합작의 의미가 부상되며 그것은 중국의 통일을
위해 국공 간의 재합작이 필요하다는 메시지로 해석될 수 있다.

나. 대만 老兵 귀향의 길

1970년대 말부터 국민당 당국의 '반공복국(反攻復國)'의 신화가
물거품이 된 후 '노병문학(老兵文學)'이 등장하게 됐다. 몇몇의 대만
본토 작가들은 장제스(蔣介石)을 따라 대만으로 온 많은 병사들이
늙어서 여전히 가족 없이 혼자의 몸으로 쓸쓸하게, 아무 기술이
없어서 사회에 들어가서 정상적으로 생계를 꾸리지 못해 비참하
게 살아가는 모습에 문제의식을 가지게 되어 '노병소설'을 쓰게 된
것이다.

'노병문학' 속의 노병은 전후 대륙에서 대만으로 간 지위가 낮

은 1세대 제대군인을 말한다. 장군급의 제대 군인들은 제외된다. 그리고 대륙에 파병을 갔다 온 본토 제대군인과 일본군에 의해 용병되었던 제대군인도 포함되지 않다. 창작과 발표 시간에 있어서 노병문학은 전후의 대만에 한정하고 있다.

대부분 노병문학은 대만 작가에 의해 창작된 것이다. 그러나 그 중에서 특별한 것이 있다. 장편소설『원향(原鄕)』(2014)은 양안 작가가 공동 창작한 것으로 주목을 받는다. 대만 유명한 각본가 천운구에(陳文貴)는 대륙 여성 작가 예즈(葉子)와 함께 40년 동안 양안 단절된 상태에서 서로 그리워하고 목숨을 걸고 고향 가족을 만나는 감동적인 이야기를 소설에 담았다.

내전에서 패배한 국민당은 1백여만 병사들을 이끌고 대만으로 철퇴했다. 당국은 '반공대륙'이 성공하면 병사들이 '수전증(授田證: 논밭을 배당 받는 증서)'을 가지고 고향에 있는 땅을 배당받을 수 있다고 약속한다. 결국 '반공대륙'이 물거품이 되어버리고 고향에 돌아갈 것을 기다리다 어느새 늙어버린 병사들은 이제야 '수전증'이 가짜라는 것을 깨닫게 되고 고향에 돌아갈 희망이 깨져버린다. '대만경비사령부'는 감청, 미행 등 각종 수단으로 노병들이 고향에 돌아가는 것을 철저히 감시한다. 노병 둥자창(董家强)은 홍콩을 거쳐 대륙에 갔다 온 후 '통비(通匪: 공산당과 내통하는 사람을 일컫는 말)'로 낙인이 찍히며 이어서 간첩죄의 누명을 쓰고 죽게 된다. 이러한 백색공포도 불구하고 동가강과 같은 홍근성(洪根生), 두자정(杜家正) 등 노병들은 고향을 더욱더 그리워한다.

1984년, 노병 두서정(杜守正)은 미국에 있는 딸을 보러 가는데 홍콩에서 비행기를 갈아타는 기회를 타서 몰래 대륙에 들어간다. 그는 노병들이 찍은 대만 생활의 동영상을 가지고 노병들의 고향을 하나하나 찾아다니면서 노병들의 가족을 만나 동영상을 보여준다. 그리고 그들 가족들의 동영상을 찍어서 가지고 대만으로 돌아간다. 정치적 금기가 엄했던 시절에는 이것은 목숨을 거는 매우 위험한 행동이다. 두서정은 경비총사령부 비밀경찰 주앙리치(庄力奇)의 미행과 감시 하에 장시성, 푸잔성, 산시성, 산동성 등 중국의 넓은 땅에서 노병들의 고향을 찾아 가족들을 만난다. 헤어진 지 35년이나 된 가족을 동영상을 통해 얼굴을 보게 될 때마다 울음바다가 된다. 대륙 사람들의 소박하고 정다운 면을 보고 비밀경찰은 큰 감동을 받게 되었다. 노병들의 생사가 결정되는 시점에 그는 양심을 따라 노병들을 고발하지 않고 대신에 사표를 내고 떠난다. 경비총사령부 고위간부 노장공도 대륙에서 온 사람이지만 그의 출신과 대륙에 어머니가 있다는 사실은 절친 위에지춘(岳知春) 외에 아무도 모른다. 위에지춘은 대륙에 들어가는 두서정에게 루창공(路長功)의 고향인 충칭에 가서 그의 어머니를 만나고 오라고 했다. 두서정이 가지고 온 백발 어머니의 동영상을 보고 울음을 터뜨린다. 그는 어머니를 만나기 위해 위험을 무릅쓰고 홍콩에 갈 결심을 하는데 당국에서 이미 정보를 입수하고 길을 차단했다. 공항에서 돌아오는 길에 그는 '어머니 보고 싶다'라는 글이 새겨져 있는 흰색 티셔츠를 입고 노병들의 시위대열에 가담한다. '집에 돌아가고 싶다', '어머니 보고 싶다'라고 외치며 전진하는 수천 명의 노병들을 보며 사람들은 눈물을 흘린다.

노병 홍근성(洪根生)은 대만에서 살면서 대륙 고향 장시성에 있는 아내 차소(茶嫂)를 하루도 생각하지 않은 날이 없다. 대륙에 다시 돌아가겠다는 꿈을 접은 후 그는 어쩔 수 없이 대만 여자 왕스(网市)와 결혼해 새 가정을 만들게 됐다. 대륙과 소식의 왕래가 가능한 후 그는 아내가 살아있다는 소식을 알게 되어 홍콩에 가서 만난다. 대륙의 제대 군인 린수에취안(林水泉)은 근성을 질책한다. "너는 왕스에게 미안하지도 않니? 차소는 또 어떻게 할 거야? 너는 차소를 두고 왕스와 또 결혼한 게 잘못이야. 왕스와 결혼했으면 다시 차소를 또 찾는 것은 더 큰 잘못이야. 너의 일생은 제대로 한 일이 하나라도 있어?" 린수에취안의 이 말은 홍근성의 마음 깊은 곳의 아픈 상처를 정확하게 찔렀다. 그는 통곡하며 소리 질렀다. "나의 일생… 그래 다 잘못했어! 다 내 잘못이야! 내 삶 모든 것이 잘못이야!"

많은 노병들은 대륙의 가족을 두고 홀몸으로 대만에 쓸쓸하게 살다가 다시 고향에 돌아갈 수 없다는 것을 깨닫게 된 후에야 새 가정을 이뤄 살게 된다. 혹은 혼자 몸으로 생을 마감하는 경우도 많다. 일부양처는 비상한 시대의 산물이다. 역사의 잘못은 결국 개개인들이 책임을 지게 되는데 근성처럼 노병들은 역사의 잘못으로 가족들에게 죄인이 되어 잘못되는 삶을 살게 됐다. 이제 이데올로기를 초월한 인간 본연의 상태로 돌아가야 할 때가 됐다고 『원

향』은 이야기 하고 있다. 노병문학의 출현은 이산문제가 대만에서
심각한 사회문제로 대두하면서 필연적으로 나타난 현상이라고 할
수 있다. 이러한 노병들의 거센 요구에 결국 대만 당국은 1987년
에 대륙 방문을 허용한다고 발표한 것이다.

『원향』은 계엄 시기 대만 사회에서 국민당 군인들 귀향에 대한
열망과 진실한 인간성을 보여줬다. 이산의 아픔과 상처를 어루만
지며 인간본성으로 회귀할 것을 요구하고 있다.

4. 중국 대만의 경우

대만은 계엄해제를 도화선으로 이전의 일원적이었던 패권 체제
가 해체되고 새로운 가치관이 형성되기 직전 시기의 모든 것들은
계엄해제 이전보다 훨씬 더 발전할 만한 여지가 있었다. 요컨대 80·
90년대 문학창작의 주 배경은 사회의 다원화라는 가치관이었다.

1977년에는 국민당은 향토문학논쟁을 일으켜 향토의 소리를 억
누르려 했지만 오히려 향토문학이 문단의 주류를 이루었고, 재야
세력은 나날이 커져갔고 억압이 심할수록 반발은 더욱 강해졌다.
1979년 12월 10일에는 많은 민주 운동 인사들이 가오슝(高雄)시에
서 '세계 인권 기념일'에 연설과 시위를 단행하여 군인과 경찰의
진압을 야기했다. 주동자들이 체포되면서 '메리다오사건(美麗島事
件)'을 초래하게 되고 대만의 정치 민주 운동은 다시금 거대한 암

흑 속으로 묻히는 듯 했다. '메리다오사건'의 충격에 휩싸인 대만 작가들은 국민당 정부가 민주개혁을 외치는 인사들을 대하는 태도를 보고나서야 대만 사회가 품고 있는 모든 문제의 축이 정치라는 것을 깨닫게 되었다. 작가들은 민주운동에도 적극적인 참여를 하게 되면서 '정치문학'이 물밀듯이 출현하게 되는 것이다.

정치문학의 관심 분야 혹은 비판 분야에 대해서 말하자면 국민당의 전제 통치는 분명 작가들 공통의 비판 대상이었다고 하겠다. 계엄시대가 막 시작되었을 때는 물론 이에 대해 정면적인 지적을 할 수는 없었지만, 여러 정치적 사건의 표현을 통해 사람들은 그 숨은 의도를 파악할 수 있었다. 작가들과 기타 단체들의 노력의 성과로 1987년 7월 국민당 정부는 계엄령의 해제를 선포했고, 정치문학이 비판하던 계엄 통치는 마침내 초보적이나마 성과를 거두게 되었다.

80년대의 정치문학 가운데 가장 큰 부분을 차지하는 것은 '정치적 상처(政治傷痕)'를 그린 작품들이다. 전후 여러 정치적 사건들이 민중에게 입힌 상처를 까발리고 있는 이 작품들의 수는 놀라울 정도로 방대하다. '정치적 상처'를 묘사한 소설은 '옥중소설(獄中小說)', '2·28소설', '백색공포(白色恐怖)소설'로 구분한다. 대부분의 옥중소설은 정치범 작가들의 손에서 탄생하였는데, 주로 정치 감옥에서의 인간미 없는 세계를 표현하고 있다. 2·28사건과 뒤이은 백색 공포 숙청은 수십 년 간이나 국민당 정부의 금기로 여겨져 왔기 때문에 이러한 정치상흔을 그린 작품들은 계엄 통치하에서 대만인들이 받아온 공포를 잘 설명해 준다.

80년대가 시작되면서 작가들은 정치에만 관심을 가지는 것에 그치지 않고 '약자'들에게도 주의를 기울였는데 그 영향에 힘입어 다수의 문학 장르들이 새로이 탄생하게 되었다. 여성문학·원주민 문학·환경보호문학·대만어 문학 등이 모두 정치 문학이라는 추축에 반대하는 정신을 이어나가며, 약자의 편에서 대만 문학 발전의 다원화에 영향력을 행사해 나가게 되었다. 다원화된 문학 창작 가운데에서 여성문학의 붐을 예로 들어 설명해 보겠다.

대만 사회의 변화가 정치의 민주화에서만 있었던 것은 아니다. 대만의 경제 발전 또한 이미 사회 과도기를 지나 개발도상국의 노선에 진입한 상태였다. 때문에 도시 붐과 농촌의 붕괴는 80년대 대만 사회에서 또한 주목해야 할 부분이 되었다. 과거의 향토문학이 빈곤에 대한 문제를 표현했다면, 도시문학은 부유한 사회의 문제를 드러낸다고 할 수 있겠다.

도시문학은 이러한 새로운 시대의 문제를 반영한 문학 장르이고, 문학 다원화의 주요 현상이라고도 할 수 있다. 그 예로 기계문명이 사람들의 마음을 공허하게 한다거나 인간관계를 소원하게 한다는 등의 도시문명이 초래한 문제점들을 반영한 작품들이 있다.

신·구의 혼란 문제를 가장 잘 표현하는 것은 대만 여러 종족의 문학 작품이 아닐까 한다. 대만은 이민이 잦은 사회였기 때문에 변화무상한 사회에는 종족의 문제와 과거 역사가 종종 밀접한 관계를 가지곤 했다. 인구의 다수를 차지하는 '푸라오족(福老族)' 이외에도 '쥐안춘(眷村)'·'커쟈(客家)'·원주민 등의 종족들은 계엄 해제가 되자 자신들의 목소리를 힘껏 높여 다른 동포의 관심을 자아내어 함께 문제들을 해결하고자 하였다.

그 중에서 원주민 문학은 90년대에 많은 이들의 관심을 끈 종족문학이라 할 수 있다. 원주민 문학의 흥행은 대만 사회가 더욱 평등한 종족관계를 향해 나아가고 있음을 대변해 주었다. 원주민 문학은 크게 두 종류로 나뉜다. 그 중 하나는 한인(漢人)문화를 비판하고 반성하는 주제이며 다른 하나는 신화전설을 정리해서 나온 것이다.

가. 치안타이(遷臺) 2세대의 이질성 극복

대만에서 태어난 치안타이(遷臺) 이세대 작가들은 일세대의 순수 회향하는 마음을 표현하거나 반공사상을 담는 회향소설을 쓰는 것과 달리 이세대가 겪는 분단으로 인한 생활고, 가족의 불화, 세대 갈등 등 분단의 문제를 본격적으로 다루기 시작했다.

'쥐안춘(眷村)문학'은 대만 분단소설의 대표라고 할 수 있다. '쥐안춘(眷村)'은 국민당 군대가 대륙에서 대만으로 철퇴한 후 많은 병사들의 가족들이 대만 각 지역의 군대 주변의 동네에 살게 되는데 그것이 쥐안춘이라고 불린다. 쥐안춘의 존재는 대륙에서 대만으로 망명한 후 일종의 타향에서의 임시 거주 형태인 것이다. 임시거주를 생각하다가 장기 거주가 되며 영원한 또 다른 고향이 되어버린

다. 초기에 대만 본토와 융합되지 못했을 때 그들은 외래인으로서
타자화가 됐다.29)

쥐안춘은 군인들의 가족들이 모여 사는 마을이며 생활권이다.
쥐안춘의 구성원들은 대륙의 각지에서 온 것이지만 쥐안춘에서는
이웃이 되며 또 다른 형태의 가족이 된다. 대만은 쥐안춘 사람들
에게 타향이어서 고향에 대한 그리움은 쥐안춘 사람들의 일상생
활의 일부가 된다. 쥐안춘소설은 쥐안춘 출신의 작가들이 창작한
쥐안춘에 관한 소설이다. 쥐안춘 소설은 1980년대에 출현되었는데
수웨이전(蘇偉貞), 저우톈신(周天心), 저우톈운(周天文), 마수리(馬叔禮),
위안충충(袁瓊瓊), 구링(苦苓), 장치장(張啓疆) 등은 치안타이 2세대로
서 쥐안춘소설의 대표 작가들이다.

1세대 작가들이 주로 대륙에서의 체험을 위주로 고향을 그립다
거나 어릴 때 있었던 일을 회상하는 회향소설을 쓴 것과 달리 쥐
안춘 2세대 작가들은 쥐안춘 외부가 아닌 내부의 생활 경험을 바
탕으로 그들의 이야기를 전개한다.

수웨이전(蘇偉貞)는 대만에서 최초로 쥐안춘소설을 쓴 작가이다.
『유연천리(有緣千里)』(1984)와 『동방을 떠나다(離開同方)』(1990)는 대표
작으로서 대만 쥐안춘소설에서 중요한 위치를 차지한다.

수웨이전은 쥐안춘에서 태어나 사관학교를 졸업한 후 군대에서
8년을 지냈다. 그래서 그녀 생활 속의 쥐안춘은 군대 기질을 가지

---

29) 張錯, 「凡人的異類, 離散的盡頭――台灣 "眷村文學" 兩代人的敘述」, 『中國比較文
　　學』, 2006.

는 가정환경의 배경이 된다. 그녀는 군인의 가족에서 군인이 되어
서 쥐안춘은 그녀에게 더 특별한 존재로 인식된다.

> 이러한 사람들이 있다. 그들에게는 친척이 없고 이웃이 많다.
> 그들의 친척에 대한 인식은 이웃으로부터 비롯된다. 명절이 되
> 면 집집마다 제사를 지내긴 하지만 찾아가볼 묘지는 없다. 그들
> 부모는 고향 사투리로 말한다. 그들은 문을 닫으면 부모와 호적
> 상의 고향말로 이야기하고 문을 열고 밖으로 나가면 거리에서
> 나 학교에서 다른 아이들과는 현지 말투로 이야기한다.(그들은
> 일찍부터 다른 사람의 고향 말을 배울 줄 안다. …… 어릴 때부
> 터 그들은 외국에서 사는 것 같다는 느낌을 하고 있다. 그들 신
> 분증에 본적 부분에는 구체적이며 작은 중국--광동 복건 강소
> 안휘 산동 사천……하지만 분명 대만에서 태어났고 자랐다.)
> …… 세상에 이런 군락이 더 없겠지?

수웨이전의 쥐안춘에 대한 인식에는 '외성인'과 '2세대'와 긴밀
하게 관련된다. 즉 그녀의 쥐안춘에 대한 기억은 외성에서 온 사
람들의 2세의 일상생활로 구체화된다.

『유연천리』의 이야기는 시간적으로 쥐안춘이 생기기 시작할 때
부터, 공간적으로 해협양안을 넘는다. '즈위안신춘(致遠新村)'에 살
고 있는 가오씨, 자오씨, 친씨, 관씨, 위에씨, 우씨, 마씨 총 7가구
의 이야기를 담았다. 이들 가정에서 2세대 내지 3세대의 운명을
그리고 있는데 대륙 사람과 대만 사람 간의 관계가 나온다. 가오
아오(高奧)의 어머니는 대륙에서 대만으로 피난 왔는데 부두에 도

착한 후 얼마 전에 대만에 온 아들을 따라 쥐안춘에 들어갔다. 타향에서 모자가 다시 만나게 되는데 그 심정은 말로 표현할 수 없이 복잡하다. 자오광첸(趙光潛)의 여동생 자오즈첸(趙致潛)은 대륙에서 알게 된 대만인 린사오탕(林少唐)과 사랑하게 되는데 린사오탕 어머니의 반대로 마음의 심한 상처를 입게 된다. 친스안(秦世安)은 대륙에서 아내가 있었는데 대만에 온 후 현지 여자 바오주(寶珠)랑 결혼하고 살고 있는데 어느 날 대륙에서 아내가 천고만고를 겪고 그를 찾아 대만에 왔다. 관탕얼(管堂爾)은 선천적으로 낙관적이어서 자주 큰 소리를 높여 노래한다. 그러나 낙관적인 그는 아내가 집을 떠난 고통을 겪게 된다. 위에증쉬에(樂增學)는 훈련 중에 사고로 죽고 나서 위에씨 집안은 곤경에 빠졌다. 그의 아내 리위닝(李玉寧)은 살아가기 위해 결국 관탕얼과 합친다. 우광허(吳廣和)의 아내 청리우에(程力微)는 사람들로부터 호감을 얻지 못하지만 마을에 없으면 안 되는 존재이다. 마펑쥐(馬逢擧)는 지위안신춘의 구성원이 아니고 다른 곳에서 온 회족이지만 오랫동안 마을 입구에서 음식점을 운영하는 이유로 마을사람들과 친하게 지낸다. 지위안신춘에서 살고 있는 7가구의 1세대들이 직면하는 문제는 고향을 잃고 새로운 환경에서 어떻게 어려움을 극복하고 새로운 생활을 시작하는 것이다.

지위안신춘 1세대들에게 있어서 국가(반공복국의 유도), 역사(고향에 대한 추억), 문화(전통과 현대의 충돌), 지역(대륙과 대만의 관계) 등 이러한 커다란 사건과 정치적 압박이 항상 그들의 일상생활에 느

닷없이 침투한다. 2세대들은 1세대와 달리 그들의 생활은 쥐안춘 자체이다. 쥐안춘의 특별한 인간관계 속에서 2세대들은 특수한 관계를 형성한다. 1세대들의 인간관계로부터 어느 정도 영향을 받으면서 그들만의 세계가 형성된다. 『유연천리』라는 서명은 인연이 있으면 천리가 멀어도 만난다는 뜻으로 쥐안춘 사람들의 생활상과 인간사를 절묘하게 표현하는 말이다.

『유연천리』 발표 6년 후에 발표된 『동팡을 떠나다』는 화자 '나' 펑레이(奉磊)의 회상을 통해 동팡신춘에 살고 있는 '우리집', 위안씨, 리씨, 팡씨, 두안씨 총 5가구의 이야기를 구성하고 있다. '나'의 집에는 아버지와 어머니 외에 아탸오(阿跳), 고단(狗蛋), 샤오위(笑雨)하고 나 모두 6식구이다. 네 명의 아이 중에 '나' 외에 3명은 모두 행동이 이상한 아이들이다. 아탸오는 어릴 때부터 자꾸 울고, 고단은 말을 잘 안 하고, 샤오위는 비를 좋아한다. 위안씨 가정의 아저씨는 아내가 살아있을 때부터 외도가 잦았는데 아내가 죽고 난 후 더 방랑해져 취안루이(全如意), 리챠오(李巧), 아슈(阿秀) 등 여자들과 관계를 맺고 나중에 처우아주마(仇阿姨)와 결혼하게 되는데 결국 미친 아들한테 찔려죽게 된다. 리씨의 리아저씨는 장기적으로 섬외에 주둔하고 리아주마는 위안런중(袁忍忠)에게 유혹을 당해 아이를 낳은 후 실종되어 그 집의 책임은 모두 어린 딸 리냔링이 맡게 된다. 방씨네의 딸 팡징신은 위 아저씨와 사랑하는 사이인데 사탕수수밭이 불이 난 후 실종됐다. 마을 사람들은 불에 탄 시체를 보고 그것이 두 남녀 것이라고 생각한다. 팡아주머니는 딸이 보고

싶어 정신이 나간다. 그러나 두 사람으로부터 이상한 편지가 자꾸
날아온다. 그러다가 어느 날 둘이 다시 동팡신춘에 나타난다. 두안
(段)아저씨는 시(席)아주머니와 둘만 같이 살고 있다. 두안 아저씨는
심한 결벽증과 의처증의 소유자다. 퉁제이(侈傑)와 시 아주머니의
접촉이 두안 아저씨의 의심을 야기해 시 아주머니와 헤어진 두안
아저씨는 결국 미처버린다.

동팡신춘의 인물들은 대부분 미친 상태에 있거나 미처가고 있
다. 인물관계가 복잡하고 사건도 기기괴괴하며 평화로운 가정은
없다. 『유연천리』의 인간관계와 사랑의 주제와는 큰 변화를 보이
고 있다.

쥐안춘은 폐쇄성과 이질성을 가지고 있는 특수 존재이다. 작가
는 쥐안춘의 분열해 가는 모습을 보여주려고 『동팡을 떠나다』를
쓴 것이다.

1987년 10월 15일, 대만 당국은 대만 주민들이 친척방문을 위한
대륙방문을 허용한다고 발표했다. 이튿날 중국국무원판공청에서 「대
만동포의 대륙 친척 방문 관광 접대 방법에 대한 통지」를 발표함
으로서 38년 동안 끊어졌던 왕래가 시작됐다. 대륙 고향에 들어가
서 못 만났던 가족이나 친척들을 만나고 돌아온 후 많은 작품들이
나오는데 이러한 작품들은 탐친(探親)문학이라 불리게 된다. 탐친
문학은 주로 산문과 시가 대부분이어서 이 글에서는 본격적인 검
토를 하지 않겠다.

나. 타자로서 老兵들의 정체성 확인

대만은 계엄 해제 이후 1980년대부터 사회 각 분야의 '중심주의 제거' 및 다원화가 형성되기 시작되면서 사회 취약계층에 대한 관심이 생겨나기 시작했다. 전후 3세대 작가들은 비판적인 인도주의 정신을 가지고 대만 주변부 문제를 보게 되며 문학 창작에 적극 반영하게 됐다. 그들은 주류였던 '중국 속성'과 순수문학 개념의 지배적인 위치를 전복하려고 나선다. 노병 문제는 짙은 사회성을 가지고 있기 때문에 이들 신세대 작가들에게 중요한 창작의 소재가 되었다. 노병문학의 의미는 작가들에게 있어서 단지 인도주의적인 관심에만 그치는 것이 아니라 사라져가고 있는 서로의 기억을 되새기기 위해서이다. 역사를 재현함으로써 인간과 고향 간의 정서적 관계를 재건하고 특히 정치적 제약이 허물어진 환경에서 문화적 동질성의 구축이 작가들의 자아로의 회귀의 방향이 된 것이다.

전후 3세대 작가들의 노병문학은 국민당 정권에 대한 비판정신을 보여주고 있다. 그들은 전쟁의 체험을 하지 않았으며, 또한 분단으로 인한 이산의 고통을 직접 체험해 보지 않은 대만 본토의 작가로서 그들이 재현하는 노병의 고향 인식 문제는 전후 초기나 쥐안춘의 주체들과 다른 점이 있다. 대만의 의무병역제로 인해 남성작가들은 군대생활 체험이 있기 때문에 그들은 국민당 군인들과의 접촉을 통해 얻은 경험을 바탕으로 노병문학을 쓴 경우가 많다.

작가 뤼장(履疆)은 의무병역을 복무 중부터 노병들에 대한 소설

을 쓰기 시작했는데 이 부분에서는 대만 당국이 1987년 대륙 방문
을 허용한 후의 작품을 보겠다.

「라오양(老楊)과 그의 여인」은 대만에서 결혼하고 가정을 가지는
노병의 이야기다. 주인공 노병 라오양은 대만 본토의 벙어리 아내
와 바다를 끼고 살고 있다.

> 그와 그녀, 그리고 그들의 가축들은 항상 숲속 길, 풀밭, 그리
> 고 해안길의 숲길에 조용하게 산책하고 먹이를 찾는다. 나와 내
> 친구들은 모두 라오양이 이 곳 산야와 바다의 국왕이며 그의 벙
> 어리 아내—울고 웃는 것만으로 기쁨, 분오, 슬픔과 즐거움을 표
> 현할 줄 아는 여자—가 아무 걱정 없는 왕후, 그리고 항상 행군
> 의 행렬이나 수색의 행렬로 전진하는 소떼 양떼가 무적의 군대
> 라고 생각한다."[30)]

여기 바다와 산이 함께 어우러진 이곳은 라오양에게는 비록 "고
향의 넓은 초원처럼 광대하고 아름답지 못하지만 고향 생각을 하
게 해 주는" 곳으로 여기고 있다. 라오양의 아내는 예쁜 원주민 여
자였다. 그녀는 도시로 가서 살다가 강간을 당해 정신이 이상해지
고 실어증까지 걸렸다. 라오양과 결혼하기 전에도 자주 강간을 당
하고 살았다. 라오양은 아내의 먹고 자는 것부터 모든 것을 챙겨
주는데 아무 원망이 없다. 누구도 라오양이 아내에게 화내거나 함
부로 대하는 것을 본 적이 없다. 둘의 생활은 그저 평화롭고 행복

---

30) 履疆, 《老楊和他的女人》, 《我要去當國王》, 台北聯合文學, 1991, 175頁.

했으나 어느 날 라오양은 대륙에 있는 가족들을 만나기 위해 떠났
다. 아내는 라오양이 떠난 후 불안에 빠져 다시 예전의 모습으로
돌아가게 됐다.

> 그는 못 돌아올 뻔했다. 그의 아내, 아들과 손주가 울면서 떠
> 나지 말라고 했다. 그들은 그가 소와 양을 팔아 번 돈이 필요없
> 다고 했다. 그가 떠나지 않고 남아 있어 달라고만 했다. 그의 아
> 내는 그를 40년이나 기다렸다. 모든 고통과 슬픔을 참아내며 그
> 가 반드시 돌아올 것을 굳게 믿었다.[31]

대륙에 라오양을 40년이나 기다려온 아내와 아들, 그리고 손주
가 있다. 그들은 아무것도 바라지 않고 라오양이 대륙에 남아서
같이 살기를 원한다. 그는 마음만 먹으면 안정되고 새로운 생활을
바로 시작할 수 있겠다. 그러나 라오양은 대만에 다시 돌아갔다.

> "산 속의 여자와 가축들이 걱정된다. ……그는 급하게 집으로
> 달려간다. 풍항에서 차표 살 돈조차 없어서 산을 넘어 물을 건
> 너 자기 발로 집에 도착한 것이다."[32]

40년 동안 간직했던 고향에 대한 그리움이 현실로 된 후 그는
대륙 고향이 이미 그가 기억했던 고향이 아니라는 것을 깨닫게 된

---

31) 위의 책, 181면.
32) 위의 책, 181면.

다. 그리고 자기가 40년 동안 살아온 이 땅이 이미 자기의 고향이
되었다는 것도 함께 깨닫게 된다. 젊은 시절 겪은 이산의 아픔은
이제 두 번째 고향에서 또 다른 이산으로 이어질 것은 노병에게
견딜 수 없는 더 큰 고통이 될 수 있기 때문에 라오양은 다시 대만
에 돌아온 것이다.

뤼장(履疆)의 또 다른 노병소설 「양안」에 노병 장부톈(姜阜田)과
그의 아들이 등장한다. 장부톈은 아들 장중지에(姜中傑)더러 고향의
역사를 외우라고 강요한다. 아버지는 고향에 대한 향수를 강제로
아이에게 옮겨 심는다. 그리고 강제로 아들을 사관학교로 보낸다.
아들 눈에는 아버지가 항상 고향을 잊지 못해 자녀들에게 괜히 화
풀이한다.

> "그는 아주 정상적이야. 집에 가는 길도 기억하고 있어." 나는
> 웃으며 "어릴 때 내가 얼마나 많이 맞았는지. 그는 날더러 지리
> 를 외우라고 강요하거든. 흥, 그가 직접 만든 지리야. '강서성은
> 사변이 산이요, 동쪽에 복건성과 절강성 있고, 남쪽에 광동성 있
> 지.' 그는 그의 고향 부전진을 이렇게 쓴다. '아! 길고 긴 부전계
> 곡에 물고기와 새우가 많고 양안의 논밭이 얼마나 기름지고' …
> …"33)

이러한 아버지를 이해하지 못해 미워하는 아들은 아버지가 죽
기 전에 동생과의 대화를 통해 아버지가 지금 살고 있는 대만에

---

33) 履疆, 《兩岸》, 《我要去當國王》, 台北聯合文學, 1991, 85頁.

대해 얼마나 깊은 정을 품고 있는지 알게 되어 아버지를 용서하고
화해하게 되었다.

> 그는 여기를 배신하지 않았다. 그는 영원히 유재촌의 사람이
> 다. 그는 촌장을 맡은 적이 있어서 여기 마을 누구보다도 이 땅
> 을 사랑한다. 그는 이 촌의 다른 사람과 다른 것이 없다. 그는
> 민난어를 완벽하게 한다. 그가 강서 사람이라고 말하는 사람이
> 없다. …… 그는 강서성 부전진 사람으로서 영원히 변하지 않은
> 것이 그의 본적이지만 그는 여기를 사랑한다. 그는 여기서 농사
> 를 짓고 피와 땀을 흘렸다. 그의 피부색은 흙처럼 까맣고 촌스
> 럽다.[34]

　망명으로 인해 이산의 운명을 견디며 대만에서 인생을 새로 시
작한 강부전와 같은 군인들은 고향에 대한 그리움과 가문의 전통
이 상실될 두려움 때문에 가부장의 권세를 앞세워 그들의 정서와
꿈을 자녀들에게 강제로 연장하려고 한다. 하지만 현실적으로 그
들은 이 땅에 발을 딛고 뿌리를 내려 살아야 한다.
　양안 교류가 시작되면서 대륙에 아버지의 또 다른 아내와 아들
의 존재가 들어나게 된다. 아버지는 그토록 보고 싶었던 고향 가
족들과 만나게 되지만 다시 대만으로 돌아와서 살기로 한다. 그러
나 이 결정을 하게 될 때까지의 과정은 극심한 양심적 도덕적인
갈등을 겪어야만 했다. 그 과정에서 대만의 아내와 아들 간의 갈

---

34) 위의 책, 100~101면.

등과 불화도 심해졌다. 전쟁이 남긴 고통은 노병들만 겪는 것이 아니라 그와 관련되는 양안 모든 가족들이 함께 겪어야만 한 것이다. 제방원의 말은 이러한 노병의 운명을 잘 설명해 주는 대목이다.

노병이 고향을 보고 다시 돌아오는 것은 반생동안 품었던 낭만적인 향수의 종결이다. 이것은 얼마나 뜻밖인 귀가의 방식인가? 이 노병들은 평생의 피와 눈물로 하나의 체험을 얻게 된다. 즉 무정한 역사 속에 자기는 얼마나 작고 어쩔 수 없는 존재인가, 다행히 남은 뼈와 피가 이 정다운 땅에 녹아 살아갈 것을.[35]

---

35) 齊邦媛, ≪漂泊與回家的文學-觀察人生作家履彊≫, ≪台灣作家全集-履彊集≫, 台北前衛, 2000, p.261.

제7장

정리와 전망

정리와 전망

지금까지 동아시아 분단체제 하에 처해 있는 남북한과 중국 대륙과 대만의 분단소설의 변모양상을 비교해서 고찰해 봤다. 이 작업을 통해 다음과 같은 결론에 도달할 수 있다고 생각한다.

첫째, 한국의 분단문학 개념을 중국양안의 분단 상황에 접목해 양안에 분단문학이라는 새로운 연구 분야를 개척해 보는 시도는 의미 있다고 생각한다.

둘째, 남북한과 중국양안의 분단소설의 변모양상에서 알 수 있는 것은 냉전기라는 역사적 특수 상황에서 정치이데올로기는 분단문학의 양상 변화에 결정적인 요인으로 작용해 왔다. 이러한 문학들은 분단의 고착화를 확인해주는 한편 또한 정신적으로 분단을 고착화시키기에 한몫을 했다.

분단을 고착화를 심화시키는 문학에 있어서 남북한과 양안 간에 공통점이 발견된다. 전쟁소설과 역사소설 제재의 소설에서 정권 확립에 필요한 것들이 '반공문학'과 '혁명문학'이라는 특수 시대의 특수 산물로 동아시아의 문학사에 남게 된다. 이 작품들은 작가 본인의 이데올로기 경향에 의해 적극적으로 씌어졌거나 작가 의지와 상관없이 국가 이데올로기에 의해 반공으로 각인되거나 혹은 혁명의 색채를 부여받았다. 적극적으로 창작된 작품들은 정치이념 때문에 예술성이 결여된 것이 공통의 문제이다. 피동적으로 반공문학이 되거나 혁명화된 작품 중에 예술성이 뛰어난 것들은 오랫동안 문학사에 남게 된다.

셋째, 탈냉전·탈이데올로기의 시대에 남북한과 중국양안의 분단소설에 모두 변화가 일어나고 있다. 분단소설에서 분단과 통일에 대한 새로운 인식의 노력이 나타났다. 정치이데올로기가 문학에 미치는 영향이 약해진 것은 사실이지만 여전히 존재하고 있다. 그것은 국가 차원이든 작가 개인 차원이든 이데올로기의 지속적인 존재는 부인할 수 없다. 분단 극복 의지를 보여주는 소설에 있어서도 남북한과 양안 간에 공통점이 발견된다.

이 연구는 전후 동아시아 두 개의 분단체제인 남북한과 중국양안 분단소설의 변모양상을 문학정치학의 시각으로 비교해 봤다. 연구에 있어서 다음과 같은 한계 및 문제점이 있다고 생각한다.

첫째, 연구의 범위는 상대적으로 크기 때문에 텍스트에 대한 개별 검토가 부족하다. 연구범위를 크게 설정한 이유는 이 연구의 목적이 통시적인 연구를 통해 분단문학의 전개 과정에서 한반도와 중국양안 각각의 특징과 공동적인 규율을 도출해 보고, 하나의 분단 상활을 넘어 동아시아의 전체적 상황에서 역사적·미래지향적으로 분단문학의 본질을 고찰하여 분단극복을 위한 문학의 방향성이 무엇인지 고민하는 데에 있기 때문이다. 서론에서 밝혔듯이 글은 거시적 문학비교를 시도하고자 하므로 개별 문학 텍스트에 대해 아주 세부적으로 분석이 이루어지지 못한 점이 있다.

둘째, 본론은 분단 고착화, 분단 극복의 모색 및 분단체제 간 문학교류의 현황과 과제 이렇게 세 부분으로 설정해서 논의를 진행한 것은 물론 이 연구에 있어서 타당하다고 생각한다. 그러나 동아시아 분단체제들의 문학을 비교 연구하기 위해서는 좀 더 과학적이고 합리적인 연구체제를 확립해야 할 것이다.

상기와 같은 문제점을 인지하고 향후 더 체계적이고 과학적인 연구가 진행될 것이 기대된다. 더 충분한 자료 확보의 전제 하에 남북한 및 중국양안 분단문학의 각 부분에 대해 세부적인 연구가 기대된다. 무엇보다도 한국의 분단문학 연구 방법을 중국양안에 접목시도해 보는 자체가 의미가 있다고 생각하고, 또한 동아시아에서 공동으로 직면하고 있는 분단의 문제를 문학 차원에서 어떻게 극복해 나가야 할지 함께 고민해 보는 것이 의미 있는 일이라고 생각한다.

참고문헌

기본자료

김원일, 「어둠의 혼」, 『연』, 나남출판사, 1987.
선우휘, 『선우휘 선집』, 조선일보사, 1987.
윤흥길, 『장마』, 민음사, 1984.
홍성원, 『남과 북』, 문학과지성사, 2000.
남대현, 「상봉」, 김재홍 편저, 『그날이 오늘이라면』, 청동거울, 1999.
한설야, 『대동강』, 『한설야선집』 10, 조선작가동맹출판사, 1961.
홍성원, 『남과 북』, 문학과지성사, 2000.
楊念慈, 『廢園舊事』, 台北：文壇社, 1962.
張愛玲, 『秧歌』, 香港：皇冠出版社, 1954.
羅广斌, 楊益言, 『紅岩』, 北京：中國靑年出版社, 2000.
潘人木, 『漣漪表妹』, 爾雅出版社, 2001.

단행본

김윤식, 김현, 『한국문학사』, 민음사, 1996.
정한숙, 『현대한국문학사』, 고려대학교출판부, 2004.
최동호, 『남북한현대문학사』, 나남신서, 1995.
김종회, 『북한문학의 심층적 이해: 남한에서의 연구』, 국학자료원, 2012.
김종회 편, 『북한문학의 이해』 1-4, 청동거울, 2004.
김종회, 『문학 통합의 시대와 문학』, 문학수첩, 2004.
김중하, 『북한문학 연구의 현황과 과제』, 국학자료원, 2005.
김재용, 『분단구조와 북한문학』, 소명출판, 2000.
김창희, 『남북관계와 한반도 : 대결과 갈등에서 신뢰의 장으로』, 삼우사, 2014.
권영민, 『한국 현대문학의 이해』, 태학사, 2010.
김시준, 『중국 당대문학사 : 중화인민공화국 50년의 문학(1949～2000)』, 소명출판
　　　사, 2005.

강진호, 『탈분단 시대의 문학논리』, 새미, 2001.

백영길, 『현대의 중국문학』, 고려대학교출판문화원, 2015.

예스타오 저, 김상호 역, 『대만문학사』, 바움커뮤니케이션, 2013.

김학주, 『중국문학사』, 신아사, 2013.

전영선, 『북한의 정치와 문학 : 통제와 자율 사이의 줄타기』, 경진출판사, 2014.

박태상, 『북한문학의 사적 탐구』, 깊은샘, 2006.

현길언 등, 『문학과 정치 이데올로기 : 동북아시아 한·중·일·북한의 정치이데 올로기와 문학에 대한 연구』, 한양대학교출판부, 2005.

박종숙, 『(한국인이 읽는) 중국현대문학사』, 한성문화, 2004.

전형준, 『동아시아적 시각으로 보는 중국문학』, 서울대학교출판부, 2004.

전형준, 『언어 너머의 문학 : 중국문학에 비평적으로 개입하기』, 문학과지성사, 2013.

정수국, 『중국 현대문학의 향연』, 한국학술정보, 2008.

홍석표, 『중국현대문학사』, 이화여자대학교출판부, 2009.

임춘성, 『중국 근현대문학사 담론과 타자화』, 문학동네, 2013.

劉中樹, 許祖華 저, 권혁률 역, 『중국 현대문학사조사』, 역락, 2014.

후지이 쇼조 저, 김양수 역, 『중국어권 문학사』, 소명, 2013.

류수친(柳書琴) 저, 송승석 역, 『식민지문학의 생태계 : 이중어체제 하의 타이완문학』, 역락, 2012.

백영서, 김명인 엮음, 『민족문학론에서 동아시아론까지』, 창비, 2015.

박덕규, 이성희 공편, 『탈북 디아스포라』, 푸른사상사, 2012.

김이섭, 『독일의 분단문학과 통일문학』, 한국학술정보, 2004.

陳思和, 『當代文學史敎程』, 復旦大學出版社, 1999.

覃召文, 『中國文學的政治情節』, 廣東人民出版社, 2006.

劉鋒杰, 薛雯, 尹傳蘭, 『文學政治學的創構: 百年來文學與政治關系論爭研究』, 復旦大學出版社, 2013.

李敦球, 『戰後朝韓關系與東北亞格局』, 新華出版社, 2007.

朱雙一, 張羽 공저, 『海峽兩岸新文學思潮的淵源和比較』, 廈門大學出版社, 2006.

張鐘 등 공저, 『中國當代文學』, 北京大學出版社, 1998.

朱德發, 『世界化視野中的現代中國文學』, 山東敎育出版社, 2003.

학위논문

김효석, 「전후월남작가연구 : 월남민의식과 작품과의 상관관계를 중심으로」, 중앙
　　대 박사학위논문, 2006.
김명준, 「한국 분단소설 연구 : 「광장」, 「남과 북」, 「겨울골짜기」를 중심으로」, 단
　　국대 박사학위논문, 2001.
임기현, 「황석영 소설 연구」, 충북대 박사학위논문, 2007.
안남일, 「현대소설에 나타난 분단콤플렉스 연구」, 고려대 박사학위논문, 2003.
이성희, 「김원일의 분단문학 연구」, 부산대 박사학위논문, 2008.
김환봉, 「한국전쟁소설의 서사적 인식 연구」, 경남대 박사학위논문, 2009.
김미향, 「한국 전후소설에 나타난 소외 및 대응 연구」, 인천대 박사학위논문, 2011.
정지아, 「한국전쟁의 특수성이 한국 전후소설에 미친 영향」, 중앙대 박사학위논문,
　　2011.
신현순, 「박완서 소설의 서사공간 연구」, 목원대 박사학위논문, 2008.
최용석, 「전후 소설에 나타난 현실비판과 극복의식」, 중앙대 박사학위논문, 2002.
김형중, 「정신분석학적 서사론 연구 : 한국 전후 소설을 중심으로」, 전남대 박사학
　　위논문, 2003.
이정석, 「한국 전후소설의 담론 연구」, 숭실대 박사학위논문, 2003.
김형규, 「1950년대 한국 전후소설의 서술행위 연구」, 아주대 박사학위논문, 2004.
이은영, 「한국 전후소설의 수사학적 연구」, 서강대 박사학위논문, 2008.
김성아, 「한국 전후소설에 나타난 소외 양상 연구」, 중앙대 박사학위논문, 2006.
康家維, 「種阿城文學作品研究」, 대만佛光大學 석사학위논문, 2013.
張一明, 「基于Habermas交往理性視角的兩案關系研究」, 廣西師范大學 석사학위논
　　문, 2014.

학술논문

전영태, 「6·25와 분단시대의 소설」, 『한국문학』, 1986. 6.
정호웅, 「분단극복의 새로움을 넘어섬을 위하여」, 『분단문학비평』, 청하, 1987.
이재선, 「전쟁과 분단의 인식」, 『현대한국소설사』, 민음사, 1992.
이해영, 『한국전후세대소설연구』, 국학자료원, 1994.
임헌영, 「6·25의 문학사적 의의」, 『시문학』, 1977. 7.
_____, 「분단의식의 문학적 전개」, 『문학과 지성』, 1977 가을.

_____, 『민족의 상황과 문학사상』, 한길사, 1986.

_____, 「분단의식의 갈등구조 변모양상」, 『한국문학』, 1988.6.

_____, 「분단문학의 변혁주체」, 『문학과 이데올로기』, 실천문학사, 1988.

_____, 『분단시대의 문학』, 태학사, 1992.

오태호, 「남북 문학 교류의 현실과 미래적 지향」, 『문학사상』 2004년 6월호.

김성수, 「북한 현대문학 연구의 쟁점과 통일문학의 도정」, 『어문학』 제91집.

노귀남, 「문학의 분단해소와 이북문학의 수용」, 『한민족어문학』 제51집.

북경사범대학교중문과현대문학연구소편, 『중국당대문학사자료선』, 1983.

고인환, 「탈북 디아스포라 문학의 새로운 양상 연구-이응준의 『국가의 사생활』과 강희진의 『유령』을 중심으로」, 『한민족문화연구』, 2012.

권유리야, 「지구촌 실향민」, 『오늘의 문예비평』, 2007.

김성수, 「통일문학 담론의 반성과 분담문학의 기원재검토」, 『민족문학사연구』, 2010.

노귀남, 「문학의 분단해소와 이북문학의 수용」, 『한민족어문학』, 2007.

류진희, 「월북 여성작가 지하련과 이선희의 해방직후」, 『상허학보』, 2013.

민성하, 「이북출신 문인의 삶과 분단문학론」, 『통일한국』, 1989.

배경렬, 「실향민의식과 현실인식: 박태순론」, 『한국사상과 문화』, 2012.

배경열, 「실향체험의 형상화-이호철론」, 『관악어문연구』, 2005.

손현미, 「김원일 연구-분단문학적 자리매김을 중심으로」, 『수련어문논집』, 1989.

음영철, 「이호철 소설의 분단서사 양상 연구」, 『통일인문학』, 2012.

이명희, 「반공주의와 작가정신」, 『아시아여성연구』, 2008.

이상욱, 최보근, 「통독 이후 독일 문학의 경향-우리 분단 문학과 유형학적 비교 연구를 중심으로」, 『독일어문학』, 1998.

이익성, 「韓國 戰後 抒情小說 硏究-오영수와 이범선의 단편 소설을 중심으로」, 『개신어문연구』, 1998.

장성규, 「통일문학을 넘어 탈분단 문학으로」, 『실천문학』, 2010.

최정자, 「분단 문학에 나타난 작가의식 연구-김원일의 작품을 중심으로」, 『수련어문논집』, 1988.

차성연, 「분단문학의 주체구성 서사」, 『어문연구』, 2007.

공종구, 「송기숙의 소설에 나타난 분단의식의 실체와 그 의미」, 『현대문학이론연구』 16, 2001.

이동재, 「분단시대의 휴머니즘과 문학론-이병주의 <지리산>」, 『현대소설연구』 24, 2004.

정재림, 「기억의 회복과 분단 극복의 의지-김원일 초기 단편소설과 <노을>을 중심으로」, 『현대소설연구』 30, 2006.

조구호, 「분단의 갈등과 화해의 논리 : 윤흥길의 분단소설을 중심으로」, 한국언어문학』 61, 2007.

박철우, 「이호철 소설의 분단인식 연구」, 『한국문예창작』 7, 2008.

조구호, 「황석영의 분단소설 연구」, 『어문논총』 49, 2008.

이봉일, 『1950년대 분단소설 연구』, 월인, 2001.

유철상, 『한국전후소설연구』, 월인, 2002.

최예열, 『1950년대 전후소설의 응전의식』, 역락, 2005.

조현일, 『전후소설과 허무주의적 미의식』, 월인, 2005.

변화영, 『전후소설과 이야기 담론』, 역락, 2007.

古遠淸, 「兩岸文學交流的回顧興省思」, 『中國海洋大學學報』, 2008年第4期.

古遠淸, 「馬英九執政後兩岸文學關系展望」, 『學習與實踐』, 2008年第8期.

朱雙日, 「新時期以來兩岸文學交流」, 『福建論壇』, 2008年第8期.

王震亞, 「從破冰到統合_30年來海峽兩岸的文學互動」, 『統一論壇』, 2009年第4期.

錢虹, 「海峽兩岸的臺灣文學硏究」, 『學術硏究』, 2004年第8期.

번역서 및 외서

Pichois, Cl. & Rousseau, A.M. 『La Literature Compare』 Paris: A. Colin, Coll. U2, 1967.

P.Van Tieghem, La Litterature Comparee, 1931. (신동욱 역, 신양사, 1959).

大塚辛男, 『比較文學原論』, 白水社, 1980.

C. Hugh Holman, "The Nonfiction-Novel," American Fiction 1940-1980: A Comprehensive History and Critical Evaluation, (New York, 1984).

Henry H. Remak. "Comparative Literature," Newton P. Stalltnech and Horst Prenz (Ed.), Contemporarry Literature: Methode & Perspective, (Carbondale & Edwardsville, 1971).

王向遠, ≪宏觀比較文學講演录≫, 广西師范大學出版社, 2008.